《四如堂詩集》

清 陳錦漢撰

原書版面高二零九毫米 寬一四零毫米

據潮州陳植濤先生家藏本影印

潮汕文庫·文獻系列

四如堂詩集

（清）陳錦漢 撰
陳偉 導讀

暨南大學出版社
JINAN UNIVERSITY PRESS
中國·廣州

圖書在版編目（CIP）數據

四如堂詩集/（清）陳錦漢撰；陳偉導讀．—廣州：暨南大學出版社，2016．11
（潮汕文庫．文獻系列）
ISBN 978－7－5668－1723－5

Ⅰ．①四…　Ⅱ．①陳…②陳…　Ⅲ．①詩集—中國—清代　Ⅳ．①I222．749

中國版本圖書館 CIP 數據核字（2015）第 304102 號

四如堂詩集
SIRUTANG SHIJI
（清）陳錦漢 **撰**　　陳偉 **導讀**

出 版 人：徐義雄
項目統籌：黃聖英
責任編輯：牛　攀
責任校對：黃　穎
責任印製：湯慧君　王雅琪

出版發行：暨南大學出版社（510630）
電　　話：總編室（8620）85221601
營銷部（8620）85225284　85228291　85228292（郵購）
傳　　真：（8620）85221583（辦公室）　85223774（營銷部）
網　　址：http：//www.jnupress.com　http：//press.jnu.edu.cn
排　　版：廣州市天河星辰文化發展部照排中心
印　　刷：廣州市新怡印務有限公司
開　　本：787mm×1092mm　1/16
印　　張：14.5
字　　數：282 千
版　　次：2016 年 11 月第 1 版
印　　次：2016 年 11 月第 1 次
定　　價：40.00 圓

總序

潮汕文化歷千年久遠，底蘊淵深，泱泱廣袤，又伴隨着潮人的遷播而兼收并蓄，獨樹一幟，是中華文明中的重要一脉。

秦漢之前，潮汕囿於海角一隅，與中原殆少來往；自韓愈治潮，興學重教，風氣日開，人文漸著。宋朝文教興盛，前七賢垂範鄉邦；明朝人才輩出，后八賢稱顯於時。明清以來，粵東地區藉毗鄰大海的地理優勢，與域外商貿頻仍，以陶朱端木之業，成中西交匯之勢，造就多元開放的文化格局。饒宗頤等學界巨匠引領風騷，李嘉誠等商海翹楚造福民生，俊采星馳，鬱鬱稱盛。

而今國家穩步發展，蓬勃興盛，潮汕地區憑藉深厚的歷史積澱，務實進取，努力發展傳統文化及其産業，如潮劇、潮樂、潮菜、工夫茶、陶瓷、木雕、刺綉等，保持并革新精巧特色，在世界各地廣泛傳播，備受青睞。更有海外潮人遍布全球，爲經濟文化交流引橋導路，探索共贏模式，拓寬發展空間。

爲促進潮汕文化的傳承與創新，進一步推動潮汕文化『走出去』，在廣東省委宣傳部的大力支持下，海內外學者編寫《潮汕文庫》大型叢書。本叢書包括文獻系列和研究系列，涉及歷史、文學、方言、民俗、曲藝、建築、工藝美術等多方面，囊括影印、箋註、點校、碑銘、圖文集、口述史等多種形式，始終秉承整理、搶救傳統文化的原則，尊重潮汕地區的家學淵源和治學傳統。以一腔丹心，在歷史沿襲中爲文化存證，修舊如舊，求新而不媚俗於新；以一筆質樸，在字斟句酌中爲品質立言，就事論事，求全而不迷失於全；以一紙懇切，在紛擾喧囂中爲細節加冕，群策群力，求深而不盲目於深。惟願以此叢書，提升潮汕文化品位，凝聚海内外潮人，齊心發展，助力騰飛。

在成書過程中，廣東省委宣傳部高度重視，協調汕頭、潮州、揭陽、汕尾市委宣傳部，委託潮汕歷史文化研究中心、韓山師範學院、暨南大學出版社組織編寫與出版。海内外潮學研究專家傾注筆墨，潮汕歷史文獻收藏機構及熱心人士鼎力襄助，更蒙粤東籍一批著名藝術家慷慨捐贈寶貴書畫作品助力出版，在此一并致謝！

《潮汕文庫》大型叢書編委會

二〇一六年七月

導讀

陳錦漢（一八五三—一九二四），字名立，號倬雲，又號韓山山人。廣東海陽（今潮州市）人。光緒二十三年拔貢。〔一〕關於陳錦漢的生平，其宗侄陳清《倬雲先生像贊》稱其：『少聰敏，力學好問。弱冠與長兄錦江公同補邑庠，越數年，補增食餼。試輒冠軍，蜚聲庠序，人咸目為翰苑中人。然文憎於命，棘闈屢困，迨年四十四拔萃文場，因丁外艱，不得廷試。服闋後援例截取知縣，分發江西候用，旋遷即用直隸州知州，謝職終養。生平篤孝友，敦氣誼，精周易，工楷書，詩賦又擅名一時，有《四如堂詩集》行世。』陳錦漢青年時代考上秀才之後，科舉之途坎坷，十次參加省闈考試，都沒有考中舉人，到四十四歲才得了一個拔貢。他是科舉考試的犧牲品，將平生精力投於科舉之中，卻始終無法從科舉的泥潭中走出來。因此到了晚年，他看破世情，退居家園，以詩酒自娛，所以才有了這本《四如堂詩集》，總算為他的人生增添了一抹華麗的色彩。我們今天已經不太記得他是個坎壈的封建社會的末路貢爺，只記得他是詩人陳錦漢。

陳錦漢的《四如堂詩集》，光緒《海陽縣誌·藝文》《潮州志·藝文志》有存目。〔二〕溫廷敬《潮州詩萃》錄其詩十三首，皆為詠史之作。〔三〕在清末民初的潮汕地區，陳錦漢是一位卓然成家的詩人。《四如堂詩集》後有其子仲良之跋曰：『先君幼擅文名，有聲庠序。既舉茂才，旋邀廩餼。方期青雲徑捷，躡跡詞壇，正氣和聲，以鳴國家之盛。無如文憎於命，遇嗇其時，十踏槐黃，終未入選。不惑之年，始膺拔萃，名場久涉，意興索然。於是屏跡家園，灰心進取，時以詩酒自娛，藉抒懷抱。』可略見其概。

詩以言情，情不能直達，須寄於景物，情景交融，乃生意境，這是唐詩最基本的特色，特別是其情辭豐腴，韻致渾雅，後世稱之為『唐音』，代表着中國抒情詩的最高成就。陳錦漢的詩便是典型的唐音，善於抒情摹景。詩集中如《珠江返棹月夜舟中遣興用東坡赤壁二賦字》五律，氣格雄健，字字有飛動之勢，是明顯的學太白之作：

天地一蜉蝣，臨風獨泝流。空江留過客，明月立孤舟。
秋色橫滄海，清光泛斗牛。蒼茫天接水，放棹桂宮遊。

此為詩人月夜遊珠江歸途所作，題中的『用東坡赤壁二賦字』是指詩中的字都是蘇軾《前赤壁賦》《後赤壁賦》中有的字，這無疑又為創作增加了難度。不過詩人駕輕就熟，絲毫不覺費力。而且中間二聯寫得剛健有力，特別是第四句的『立』字煉得相當新奇。陳占鼇稱：『其詩神清氣爽，筆健詞雄。』（《四如堂詩集序》）指的就是這一路。

陳錦漢學唐的另一個對象是王維。明人胡應麟《詩藪》曾將唐人五律分為兩大類：『五言律體，肇自齊梁，而極盛於唐。要其大端，亦有二格。陳（子昂）、杜（審言）、沈（佺期）、宋（之問），典麗精工；王（維）、孟（浩然）、儲（光羲）、韋（應物），清空閑遠。』[四] 王維被認為是『清空閑遠』的代表人物。其實，王維的五律在清空閑遠之中常帶有秀麗之筆，陳錦漢是頗能學到王維的精髓的，比如他的《幽齋遣興》便是此類的代表作：

齋居苦闃寂，風景自清幽。庭靜迎新月，窗虛納早秋。
涼痕花外覺，香韻竹間流。唧唧蟲吟切，添詩與唱酬。

此詩的亮點依然在中間二聯。『窗虛納早秋』，便是所謂的『清空閑遠』，此句置於王維集中，也可亂楮葉。頸聯體物尤細，通感甚奇，且天然有一股秀麗之氣貫穿其中，這就是陳占鼇所稱的『露潤珠團，日光玉潔』（《四如堂詩集序》），王師愈則稱：『其為詩清麗。』（《四如堂詩集序四》）王維也頗多此類佳句，像『興闌啼鳥換，坐久落花多』，都是通過細緻的景物，來體現詩人微妙的感覺。

陳錦漢學得最多的唐代詩人，應數白居易。陳占鼇稱其：『律以前修，殆於唐人白傅之體為近焉。』（《四如堂詩集序》）鄭國藩亦曰：『山人蓋將上追白傅，反之三百篇以求合於風人之旨者也。』（《四如堂詩集序二》）都指出陳錦漢的總體風格與白居易最為接近。特別是他的七律，比如《鳳凰臺》：

江心落日上高臺，峰對鳳凰紫翠堆。水勢東趨扶塔立，山形北拱抱城來。
天邊蝶舫千帆亂，檻外虹橋一字回。風景金陵堪比美，高吟誰似謫仙才。

此詩在格調上比較接近白居易《錢塘湖春行》一路，以近於白描的淺近之語來營造意境，同樣可以寫得氣韻生動。像頷聯就非常鮮活，吾潮明賢謝宗鍹《韓山亭子》詩曰：『城抱江如帶，天垂障列屏』，陳錦漢應該是從這副名聯中得到啟發的。

陳錦漢的五言古絕也頗能得六朝遺風。六朝的短篇詠物詩和短篇仿民歌體都寫得很有情韻，陳錦漢在這方面也有出色的表現。比如下面的兩首古絕：

簾

一幅瀟湘雲，瀠漾韡紋細。身如住晶宮，秋波蕩胸次。

採蓮曲

采采池中蓮，花香君莫取。贈子以蓮房，教識儂心苦。

第一首將竹簾擬為秋波，欲援之洗滌胸次，頗有情致，令人如入清涼國。第二首則純是樂府格調、六朝民歌的筆法，可謂意古辭工。古絕成熟於六朝，比格律詩的絕句起源還要早，是古風的變種。最常見的是五言古絕，每詩四句，二、四押韻，且一般押仄韻，其他平仄不論。故而好的古絕讀起來高古雋永，別具韻味。陳錦漢這兩首都可算是古絕中的名篇了。

陳錦漢的詩寫得最具自己特色的，應該是他的五古。黃壽河稱其：『五七古原本風騷，兼出入於唐宋諸名家，而又能落落自寫性情。』（《四如堂詩集序三》）比如他的：

讀天演論作

西士談天演，持論亦多偏。優勝而劣敗，其然或未然。項籍戰百勝，身殞烏江邊。高祖師屢北，終竟天位傳。勝者何必武，敗者庸非賢。安在萬夫雄，盡操必勝權。下士競文戰，過合亦天緣。多才盛文藻，仕路多迍邅。庸人一朝倖，穩步升鼎鉉。時乖巧遜拙，運至醜增妍。造化無成心，物候有變遷。第憑寸管窺，烏知浩蕩天。

嚴復的見識乃不及吾潮一老貢生。所謂的『物競天擇，適者生存』，徒滋爭鬥，隳墮人心。陳錦漢以其史識閱歷，質疑天演之論，識見過人。陳占鼇所謂：『偶申論議，如讀史評……感時託諷，因事立規。』（《四如堂詩集序》）正是指此類作品。

待月

待月倚樓西，坐久月未上。四顧景茫茫，昏黑窮遠望。層霄暮靄合，貝闕失清曠。明河淡不輝，繁星見三兩。纖阿御晶輪，寂密秘音響。美人在何處，引領空惆悵。歸臥息煩襟，澄懷悟色相。無心引月看，玉鏡照窗朗。

全詩即『有意栽花花不開，無心插柳柳成陰』之意，結穴點睛，其餘都是在做反面鋪墊。骨子裏說理，而表面上卻情景交融，不露痕跡。說理詩這樣寫才能有理趣。饒宗頤先生曾說：『說理詩的失敗是因為正面說理成為障礙。詩障有兩種：一是理障；二是事障。玄言詩是理障；與大謝同時的顏延年詩則獺祭事類太多，屬於事障。欲救此病，則可將理融入情、景之中：或寫理於景（物色），或以物色擬理，或獨言「物」而不講理，將理消融在物色裏面的幾種手法。末一種手法也就是最高明的了。』〔五〕陳錦漢此詩也是深得說理之法。

要之，陳錦漢詩學唐音，於李白、王維、孟浩然、白居易諸家皆有心得。他各體皆工，縱筆所如，純寫性靈，間以史論。陳占鼇稱其詩：『縱談風月，搜刻鶯花。揭隱抱於古今，寄閑情於山水。偶申論議，如讀史評，時雜詼諧，要歸雅訓。至於感時託諷，因事立規，則非徒文詞之工，尤足覘才猷之裕焉。吾潮詩學不乏名家，衡古量今，無慚傑構。』（《四如堂詩集序》）信哉斯言。蔡起賢曰：『潮人之詩，向宗唐風，後喜隨園。』〔六〕陳錦漢正是吾潮清末民初詩壇宗唐的代表人物之一。

關於《四如堂詩集序》的版本。其次子陳仲良在作於一九二四年的《跋》中曰：『窮年積成卷帙，因手自訂定，釐為七卷。晚歲眼益昏花，不辨小字，所為詩歌皆出口述，而令良代筆謄寫校勘，既成，將付諸剞劂，先君忽歸道山……茲與長兄述雲重加校訂，行將付諸梨棗，以竟未竟之志。』其孫陳植濤作於二〇〇四年的《後記》曰：『先祖父生前，卓有文名，所寫詩集，積成卷帙，將付梨棗，嗣因故阻，上世紀六十年代，孫植濤於公餘之暇，特為檢出，謄寫油印，擬分寄旅外諸兄弟……詎料「文革」來臨，為避災禍，惹來是非，未及付郵，即予燒毀。所幸原稿尚存，差堪慶幸。按原稿是由先伯父、先君及二姐玉仙三位用毛筆精心書寫，字體結構工整、端莊、秀美，具有書法欣賞品位。』可知《四如堂詩集》一直只有一個手抄稿本存於其家族中，未曾付印。現存此手抄本由陳錦漢之子陳述雲、陳仲良，孫女陳玉仙手抄整理而成。此次整理的《四如堂詩集》，即以此毛筆手抄稿本為底本，直接掃描影印，以存其原貌。在詩集的尋訪過程中，得到了吳兄志敏的熱誠幫助，才得以從陳錦漢的後人處找到這本《四如堂詩集》，一并致謝！

乙未清明後二日陳偉記於彌綸室

【注釋】

〔一〕清·光緒盧蔚猷：《海陽縣誌·選舉表四》，潮州市地方誌辦公室、潮州市檔案館編印，二〇〇一年，第一二八頁。

〔二〕饒鍔、饒宗頤：《潮州藝文志》，上海：上海古籍出版社，一九九四年，第六〇八頁。

〔三〕溫廷敬：《潮州詩萃》，汕頭：汕頭大學出版社，二〇〇一年，第一二七七~一二七八頁。

〔四〕明·胡應麟：《詩藪》，上海：上海古籍出版社，一九七九年，第五十八頁。

〔五〕饒宗頤：《文轍》，臺北：學生書局，一九九一年，第九一三頁。

〔六〕蔡起賢：《缶庵詩文續集·文稿》，香港：天馬出版有限公司，二〇〇八年，第一一三頁。

目錄

倬雲公玉像

倬雲先生像贊

先生諱錦漢字名立號倬雲自號韓山山人麟閣公第三子少聰敏力學好
問弱冠與長兄錦江公同補邑庠越數年補增食餼試輒冠軍蜚聲庠序人
咸以爲翰苑中人然文憎于命秋闈屢困迨年四十四拔萃文場因丁外艱
不得廷試服闋後援例截取知縣分發江西候用旋選即用直隸州知州謝
職終養生平篤孝友敦氣誼精周易工楷書詩賦又擅名一時有四如堂詩
集行世墓葬東郊楊厝山地方贊曰奕奕先生人中之英文壇拔萃詩賦擅
名楷書冠世卜易獨精識時隱曜謝職筆耕持躬樸素不慕虛榮友彼雁行
棠棣截賽壽七十二含笑騎鯨德重于後玉振金聲　甲子年秋月

宗愚侄清釋贊并書

倬雲先生像贊

四如堂詩集序

粵稽日作日息帝世傳擊壤之歌風薰風時虞廷譜揮絃之韻詩教之興伊古尚矣世閱數十年經數千而歌詠之聲至今未息者豈勉為而強附之哉亦云適志而已是故未得於心之懽者雖美而人不羨有饜於世所好者弭久而文益傳性本人同今豈古異知斯意也然後可與論詩焉歲

戊戌余改山右臬司奉諱居里讀禮之下宗弟倬雲出其所著詩篇囑予校定予於斯道未窺堂奥一行作吏茲事益疏然業觀西子少長咸知其妍歌聽緜駒婦孺亦覺其善與詩神清氣爽筆健詞雄露潤珠圓日光玉潔翩然而鳳鸞翥鏗爾而金石鳴言歡則草木皆欣罵怨則風雨增惻可歌可泣宜雅宜風律以前修殆於唐八白

傳之體為近焉夫文人慧業非夙世修持不能也志士悲歌非所遭困厄不見也君秉資清慧志學精勤少列膠庠旋邀廩餼屢冠優等久困棘闈簡選拔之年已逾強仕將赴廷選復阻外艱用是輟志仕途留心韻事縱談風月摟刻鶯花揭隱抱於古今寄閒情於山水偶申論議如讀史評時雜詠諧要歸雅訓至於感時託諷因事立規

則非徒文詞之工尤足覘才猷之裕焉吾潮詩學不乏名家衡古量今無慚傑構後有讀者謂予為不知言邪抑以為阿所好邪庚子仲春曉山陳占鼇序

序二

詩以言志也取足體物緣情而已今之論詩者莫不曰筆忌俗也思忌淺也詞忌俚也或且執沈隱侯八病之説屑屑字句之間予以為非善於言詩者也夫宣於口而為言筆之書而為詩是有自然之籟焉達我意焉可也古者太史陳詩以觀民風大抵雜取各國民間歌謠以察政治之良窳

不問其俗不俗淺不淺俚不俚也詩三百篇二雅三頌而外皆歌謠也孔子編詩不删鄭衛取其足以勸戒焉而已亦不問其俗不俗淺不淺俚不俚也且古人固有單詞片語後世奉為詩學發源鼻祖者若隶音南音類何可勝道雅邪俗邪深邪淺邪文邪俚邪書曰詩言志歌永言卜氏之序曰在心為志發言為詩情動於中而形於

言言之不足故嗟歎之嗟歎之不足故咏歌之咏歌之不足不知手之舞之足之蹈之也聲律之學起於六朝以後秦漢之上無是也其時思婦勞人本其心所欲言託之於詩不必求合聲律而音節自無不和蓋有自然之籟焉十五國風俱在可覆案也至八病之說唐宋名家無不皆犯孰是論詩古今且無完善之篇什此一人私言

非天下公言也故詩之道六義而已何謂六義三經三緯是也風雅頌謂之三經賦比興謂之三緯風諷也雅正也頌容也美盛德之形容為頌正朝政之得失為雅陳國風之淳漓為風考亭釋賦之義曰賦者敷陳其事而直言之者也釋比之義曰比者以彼物比此物也釋興之義曰興者先言他物以引起所咏之詞也然則為詩者

亦體物緣情與無悖賦比興之旨則已矣不必問其為雅為俗為深為淺為文為俚也白傅詩成常索解於竈下嫗不解則易焉非俗非淺非俚彼嫗惡從而解之明末諸子奉少陵為模範卒之規撫太過虛得其表是優孟衣冠也其又何尚焉蓋詩猶樂然清濁高下皆可悅耳比如以鳥鳴春以雷鳴夏以蟲鳴秋以風鳴冬各盡其所能

鳴與所欲鳴者而已不當執一格以相律也韓山山人喜為詩晚年編其所作古近體若干首顏曰四如堂詩集屬予為之序予見其緣情體物不悖賦比興之義非苟為炳炳瑯瑯也作而言曰山人可謂善於詩矣山人蓋將上追白傅及之三百篇以求合於風人之旨者也或者見有異同故論其大概如此山人姓陳號倬雲前清老

名士也時癸亥孟夏普寧鄭國藩序於易

安精舍之西窓下

序三

昔聖門論詩推其益曰興觀羣怨而孟子謂當以意逆志是為得之竊取此義以論詩而無取乎標榜雷同之習近世學子詩學久置不講閒有所作大率摭拾浮詞淺陋蕪鄙不堪入目我邑陳倬雲先生湛深於風雅正軌比來裒集其生平詩稿釐為七卷命其哲嗣仲良君出以示予並屬為

之序予受而讀之各體皆工五七古原本風騷兼出入於唐宋諸名家而又能落落自寫性情我國數千年國粹允藉以不墜或謂先生於光緒丁酉歲以拔萃貢成均未幾奉　尊太翁諱讀禮家居灰心進取今且壽届古稀耳目聾瞶留此區區者將奚為乎予謂此說大謬經所云顯親揚名匪徒爭榮辱於及身而在硯存殁於後世

古孝子之表揚先烈也人琴雖逝明發興懷國有年代云遙尚搜求於荒煙蔓草之中得故笏即寶家傳撫梧棲如親口澤者況先生視聽雖廢神明不衰忍令半生心血徒飽蠹腹而不少為顧惜耶仲良君如採予言盡即以　尊翁此稿付梓以公同好俾後生奉為矩矱而詩教不隨時勢為遷流予雖老懶無似請拭目俟之是為序

同邑弟黄壽河拜讀并序

序四

四如堂詩集溯安陳停雲錦漢先生所為詩也先生幼工場屋文有聲時輩嘗以選雋貢成均今者頹然一翁矣耳目聰明不逊前時遠而猶手一編哦咏推敲不輟其為詩清麗前輩如楊李濯初杜蓮生少山等多稱之近日思潮急變有所謂白話詩者盛行一時舊體幾瀕廢棄吾以為時勢推移人心善轉

自古而然非始今日四言之變為五言古體之變為近體詩之變為詞詞之變為曲有不期然而然者今之為白話詩者往往前無古人幾欲拔趙幟而易漢幟固淺陋可哂而視等洪水猛獸以為足破壞文體者抑亦未免過計矣吳趨趙曲漢家擣入樂府彼寧非當日之白話詩乎然其體既卑其詞亦俚求其足登大雅之堂者蓋亦

僅矣先生於余為妻族長輩長君述雲將彙刻先生詩行世囑余為序余因次論古余今詩格之變以諗先生惟先生之論而正之也

中華民國十一年六月二十六日潮安王師愈謹序

四如堂詩集卷一

五言律詩

韓山山人陳錦漢著

登金山絕頂

石磴俯山隈。大江控埔梅。山連朝海去。水曲抱城來。
鱷渚千帆矗。鷗村萬户開。雄區閩粵鎮。保障藉邊才。

遊湖山四首

名區開畫境。輝映鳳城隅。樓觀撐高下。亭臺望有無。
靈巖疑鬼劈。高樹雜雲鋪。點綴湖山好。天然摩詰圖。

壺嶠探幽勝。雲梯曲折尋。杖頭穿石透。屐齒印岩深。
城近無塵到。山空有鳥吟。巨靈應識我。一歲一登臨。

山寺尋僧話。嬉遊到上方。荒亭枕翠巘。古木卧斜陽。
夕照連城白。秋雲壓隴黃。一聲清嘯響。隨葉落平岡。
脱却塵中脚。高危凌石巔。大江流足下。斜日落巖前。
遠樹千村合。遥峰萬壑連。帝鄉青不見。思繞白雲邊。

輓程鄉張彥高夫子

記立程門雪。欣瞻松鶴姿。丰神含華嶽。文字古尊彝。
腹貯三壬飽。編窺二酉奇。絳帷秋月冷。何處覔經師。

神女

仙人世豈有。神女事堪疑。宋玉文何綺。高唐蹟亦奇。
行雲雲自在。望雨雨何時。千古巫山路。幾人作夢思。

楚狂

楚狂古智士。晦迹水雲湄。志豈嫌塵濁。逢原畏路岐。
寒鴻驚避早。德歎鳳來遲。郢水懷高躅。臨風賦采芝。

鬼谷子

遐哉鬼谷子。矯矯鳳鸞群。覩世明秋月。遊心寄白雲。
身名甘豹隱。岩谷靄蘭芬。游說儀秦誤。高山我仰君。

嚴子陵釣臺

故人天子重。萬乘一竿輕。屈帝求賢駕。成君高士名。
江流臺自古。灘在水常清。不似淮陰釣。秋波咽恨聲。

珠江返棹月夜舟中遣興 用東坡赤壁二賦字

天地一蜉蝣臨風獨泝流空江留過客明月立孤舟

秋色横滄海清光泛斗牛蒼茫天接水放棹桂宮遊

遊棹秋江泛飄飄縱所如扁舟風獨坐孤客月相於

山悄巢安鵲波光水羨魚放懷時俯仰樂此侶樵漁

良夜漁樵絶西風江上清秋悲天獨朗客怨孤月明

東去人千里南飛鶴一聲愀懷須縱飲況是桂輪生

江月幾時在携杯一問之人間秋正美天上夜何其

桂影從舟泛簫聲聽客吹予懷波渺渺矚酌可無詩

詩興舟中起空明客抱閑秋江今夜月赤壁昔人杯

横槊雄風去吹簫桂棹来清遊歸逝水歌嘯有餘哀

長嘯秋江上。幽懷水一方。美人今不見。良夜共相望。
露下江橫白。霜清葉脫黃。歸舟月正朗。夢抱一輪光。

咏劍

掛壁憐長劍。輕塵撲面多。十年膏拂拭。半世反消磨。
斫地王郎淚。無家齊客歌。風塵誰壯士。贈爾斬蛟鼉。

春夜書懷

春夢醒何速。篝燈影尚昏。清霜寒到枕。凉月靜當門。
境寂萬緣屏。心勞百感存。自慚不舞鶴。空聽曉鷄喧。

九月登韓山作

山川前度是。風景去年殊。舊雨尋同菊。今晴独插萸。

風懷落帽空。酒熟勸提壺。不盡登臨感。孤飛悵野鳧。

○古劍

一劍千金重。星霜歷幾何。銘垂周日月。功定漢山河。肝膽憑君許。恩仇閱世多。化龍騰壁去。復自老岩阿。

自汕歸舟江中風雪即景

淒絕汕歸晚。嚴霜宿野塘。風驕蓬語顫。雨惡水聲忙。被冷知寒重。舟孤苦夜長。漢燈誰釣雪。照我一星涼。

鯉渚歸舟即景

暝色秋江上。扁舟細雨過。逕雲縈樹白。凝霧幕山多。市遠燈初熘。天寒水不波。歸心因晚切。催棹發清歌。

夏日與李曉帆論武侯時事退成五律四首柬曉帆並柬謝雲巢

吳魏英雄萃。先生迥不羣。才優曾十倍。業定漢三分。石列龍蛇陣。風驅草木軍。天心終限蜀。六出不成勳。

蜀戶荊門恃。中原丞相圖。折衝資壯繆。指顧失孫吳。北伐師無援。南窺寇不虞。蠻邊籌儘竄。此着爲誰輸。

討賊承先帝。堂堂正正旗。祁山師奮武。午谷士爭奇。穴險難探虎。叢深恐伏羆。老成持重處。未許淺人窺。

炎祚扶仍息。奇才坐自歎。時艱偏主懦。地僻苦才難。師出讒蠅集。軍行餉馬殫。漫將兵畧拙。輕向古人彈。

感秋二首

朔鳥横寒塞，秋風生桂林。他鄉黄葉落，旅客晚凉侵。
失路嗣宗淚，哀時杜甫吟。乾坤方板蕩，何處散余襟。

寒蟬催白露，歲晏客心驚。日薄山無色，風来樹有聲。
羈愁悲故里，秋思繞荒城。羨煞巢林鳥，啾啁向晚鳴。

元夕

元夕少人鞋，良宵逐客行。世平春有色，灯感月無明。
兒女秋千影，臺樓絃管聲。歡場聊小住，緩緩唱歸程。

後元夕詩 并序

前歲元夕偕友步月觀灯，頗有樂趣。今歲友人不来，携童偕往歡場，轟鬧感

於去年因憶故友更成五律一首即用前韻

今夕復何夕。歡場自在行。春光隨處好。月影逐人明。
火樹雲霞色。烟花霹靂聲。歡遊今世早。良友感前程。

秋夜

攪醒清秋夢。聲声枕畔凄。殘更深巷北。疏雨小樓西。
樹響驚栖鵲。寒窗警曙鷄。吟成幾字穩。又聽早烏啼。

春日湖山宴會二首 集蘭亭序字

盛會集群賢。春風觴永天。人同修禊事。世異永和年。
曲水無絲竹。今山有管絃。時幕中兼奏樂號 幽情期暢敘。俯
仰興欣然。

興畢觀山水同遊樂趣生林亭隨地坐風日向人清
述古懷遷固斯文仰老彭崇蘭與修竹相喻共時情

（　）夏旱

望雨春方切祈霖夏更忙千山催布穀四月未分秧
土渴沅冰裂苗飢葉霧黄及時須遷澤何處叩穹蒼

曝書

久把藁書却心防飽蠹魚藉茲陽處展補我讀時疏
日不夏炎畏經原刼火餘將軍慚腹負未敢晒階除

讀畫

山水餘佳趣蕭齋快臥遊神留岩石勝思入谿澗幽

邱壑胸中數，仞雲眼底收。輞川詩外妙，好當異書求。

觀碁

世事看來厭，垂簾理局棋。留神分黑白，為客決雄雌。
手敵枰爭久，身閒子落遲。幸無柯可爛，寓目共嬉娛。

聽琴

一洗箏琵耳，來聽太古音。繞闌蕉雨急，又作松風吟。
流水清塵慮，高山見客心。曲終人語悄，蟬唱和幽林。

月夜訪余君右不值

塵緣胡擾擾，齋室自幽幽。踏月人何在，挑灯客獨留。
蛩鳴三徑靜，杳吟一庭秋。臥看冰輪轉，徘徊近斗牛。

秋日懷寄李雲章 時遊學東瀛也

望君滄海外，離思斷人魂。遠水兼天濶，秋烟接地昏。
過雲迷老眼，斜日落清樽。縱有澆愁酒，難消諸淚痕。

幽齋遣興

齋居苦闃寂，風景自清幽。庭靜迎新月，窗虛納早秋。
涼痕花外覺，香韵竹間流。唧唧蟲吟切，添興詩唱酬。

賈生

痛哭陳治策，奇才惜賈生。分疏彈骨肉，膽大誤聰明。
主聖治黄老，臣愚獻赤誠。長沙休弔屈，請智效良平。

題芳雲宗兄鸜鵒梅石圖

南枝來隴鳥。學語託高岑。慧舌根靈性。春風載好音。
伴梅香入夢。交石介同心。芳樹幽棲穩。何須羨上林。

題陳元章畫幅

萬里佳山水。都歸尺幅收。峯巒秦岱曉。樹繪漢宮秋。
嶺斷派泉落。江空一容留。郭熙畫妙筆。何處爲君偷。

息夫人

六宮頻笑狎。爾思獨休存。兒女承新寵。君侯念舊恩。
傷春惟沒盡。對月暗銷魂。心事花能喻。荒階落不言。

春日郊行即景

野色新晴好。陂塘水鏡平。蛙分鄒魯鬨。鷗合晉秦盟。

雨過秧畦綠。風生麥隴清。晨熹雲際出。原上看春耕。

題別峯菴壁

偶動遊山興。三年苦兩趺。風塵双不借。烟雨一夫須。
身世憐余拙。生涯笑我迂。梵堂清有味。思欲託浮屠。

春日曉起

曉起聞啼鳥。閒庭覽物華。春深蜂課蜜。雨霽蟻拖花。
徑曲香尋蝶。墻陰字篆蝸。羣蟲皆有適。我思獨無涯。

述懷

脫略平生志。偷閒學醉歌。酒情因病減。詩興入秋多。
鬭草童心喜。看花午夢過。壯懷殊耿耿。老去竟如何。

旅思

旅枕人無寐。秋衾夜不温。孤灯揺客夢。涼月伴愁魂。
家信沈三月。鄉心付一樽。遥知籬畔冷。瘦菊怨荒園。

夏日偶成

幾日苦炎暑。煩襟鬱未開。愁魔降有酒。詩債避無臺。
句得佛先喜。吟遲雨乍催。涼宵涼月上。又送好題來。

感懷

天地小迂儒。寒窗理舊書。春秋双雪鬢。風雨一蓬廬。
殘命宮磨蝎。前身字蠹魚。偷閑時覓句。終愧術空疏。

臘月園中即景

腊月陽潛動。園中物候移。東風未待報。春信有梅知。
樹暗雲三徑。窗寒雪一枝。暗香浮隱躍。花意欲催詩。

山行

路出秋山外。人行細雨中。溪迴疑地盡。水斷有橋通。
遠樹村烟暝。前峰野霧籠。蒼茫雲際寺。隱隱佛灯紅。

喜友人自洋歸鄉

廿載音書斷。幾年記念忘。相逢疑夢寐。乍喜轉悲傷。
霜雪添双鬢。滄桑話故鄉。風塵空老尔。世事實茫茫。

春日感懷

羅綺滿城春。小齋悶煞人。文章名畫餅。經卷例居貧。

有淚青襟舊，無情白髮新。虞卿古志士，空老著書身。

月夜憶南洋諸子

世境遷移，民生計蹙，家中子侄，半往南洋各營生計，有十餘年未一遞呈者，對茲明月，不能無感于心。

同室人千里，他鄉賦索居。風塵形役爾，離別感愁余。
世亂功名賤，家貧骨肉疎。今宵共明月，相憶定如何。

蓮藕

靈根生淨土，身浴出芳池。雪臂伸妃子，香肌嫩玉兒。
心通賢七竅，腹蘊繭千絲。夏日佳人座，冰盤伴荔枝。

蘭

幽蘭生瑞谷，芳意少人知。隔水聞風者，臨江賦采之。

緗枝豔容佩，香蘂美人貽。臭味有同契，空山吾思馳。

秋齋遣興

秋日光漸短，齋居興却長。體雖中酒倦，心復和詩忙。菊試霜前色，蘭添雨後香。重陽佳節近，誰與共吟觴。

感賦

大地兵氛擁，生涯困阨多。連年遭歉歲，幾載廹催科。序已青陽改，身如[illegible]髮何。欵逃塵網外，天地一漁蓑。

四如堂詩集卷二

七言律詩

韓山山人陳錦漢著

謁韓公

拾級來瞻刺史祠。江雲嶺月想儀手。廟堂人祀萬家佛。山斗公兼百世師。溪靜鱷魚無惡浪。庭空鸚鵡有殘碑。瓣香遺烈知誰嗣。更向山中覓橡枝。

丹荔黃蕉肅裸將。騎龍人望白雲鄉。非因佛骨來荒外。焉得公身到海旁。學術一州開草昧。文章八代挽瀾狂。即令江水仍韓姓。溪不停流澤不忘。

金山弔馬公墓

公諱發宋末推鋒寨正將元

兵圍潮，潮守逃，公獨攖城固守，兵敗闔家殉焉，因葬此。

保赤感公具血誠。獨憑孤劍衛羣生。生難微力全潮郡。死有英魂鎮鳳城。忠骨不隨枯木朽。（山多古松，今已沒有）残碑尚映夕陽明。空山風葉蕭蕭響。猶像州前鏖戰聲。

鳳凰臺

江心落日上高臺。峯對鳳凰紫翠堆。水約（勢）東趋扶塔立。山同（形）北拱抱城來。天邊蝶舫千帆乱。檻外虹橋一字開。風景金陵堪比美。高吟誰似謫仙才。

送學使何棣珊夫子按試梅州

使星光指古梅移。門下趨陪思共馳。舟去祇携琴鶴伴。船退不載管絃隨。青衣隊隊衛波立。彩鷁紛紛逐水嬉。望見旌旗風下拜。合燓喜炮誌恩施。

水仙花

盈盈一水馮丰神。彷彿湘妃現色身。泣露芳肌清耐冷。凌波素襪淨無塵。倚當瘦石疑姑射。浴出溫泉憶太真。想厭晶宮春寂寞。特來香國賽良辰。神女新妝出洛濱。金肌翠羽認來真。三生石上精魂舊。一瓣香中逸韵新。素質本由冰濯魄。芳心還擬水爲神。誰參茂叔評花品。派箇仙家換骨人。

狀元竹 并序

夾竹桃俗名狀元竹，不知起自何人，愛其名之美也，爰為賦之。

故挺奇葩別衆英，羣芳讓出狀頭名。泥金信聽林中報，捷榜春看樹上呈。及第蓉花園應兆，占魁梅萼嶺中榮。東風入樹傳新響，似唱鴻臚第一聲。

落花

養花天氣愛春陰，妬煞深宵風雨侵。空費金鈴猶繫樹，却憐錦瓣獨愁心。含香縱有新枝艷，解語難忘舊意深。看到開時曾幾日，芳塲容易感升沉。

尋芳再見杏花叢，休問深紅與淺紅。儘有閒愁歸粉

蝶更無遊客駐花驄繁華事散春如夢脂粉香銷色
是空悟到乾坤消息理啼鳥何事喚東風
紅顏易老竟如斯多少人間怨別離吳苑春紗憐越
女漢宮秋扇泣班姬五樓燕守春歸後金谷珠沉月
上時往事依徊無限恨有人花下泣殘枝
春歸老圃意蕭然颯颯東風細雨天墜地無聲常薄
命浣溪有恨付流泉散成香雨誰參佛飛傍紅塵似
謫仙擬寫綠章天上奏乞留春色住年年

秌闈榜後戲作

功名身世半浮漚失意何關辱與羞窮在秀才原本

色生無媚骨合多愁。灯前有詞憐妻子。戶外無言聽俗流。放達莊生心浩蕩。任人呼馬與呼牛。

元夕前一夜偕楊少山城北步月 即用原韻

城北春宵携手過。探來春色夜如何。池塘靜處兒童鬧。燈火光中笑語多。風靜鞦韆香袖捲。月明門巷簾鞋拖。誰家簫鼓中宵奏。送到昇平一曲歌。

和杜蓮生西湖觴詠之作 用原韻

春遊巖畔酌雲瓢。湖上笙歌席上聽。繞郭煙光催草綠。當筵山色逼人青。白公杭郡新詩本。蘇子潁州舊酒亭。韻事即今堪再擬。湖邊何日展同停。

遊波羅山房作 地係前明翁公萬達讀書舊址

奇石方池蹟未荒。尚書昔日舊書堂。春歸碧草埋幽徑。屋老蒼藤補缺牆。李桐平泉餘水竹。裴公綠野亦滄桑。前賢遺事憑誰訴。切切新蟬咽夕陽。

輓侍御朱鼎甫山長

修文身返大羅天。重踐烏臺侍御筵。抗疏聖朝陳句簡。抽身粵嶠坐青氈。記親聲月猶前夕。許坐風春僅二年。撒手白雲堆裏去。先生臨終有撒手白雲堆裏去同頌四十九年非之句。每瞻函丈輒潸然。

絳帳秋風老服虔。燈窗館舍景蕭然。生無腹子遺身

後○死有門生哭殯前○八印雪泥文四五○先生著有無朴堂稿同年書云魂歸淅水路三千○傷心怕見書堂月○照到靈床影獨圓○

選拔後謁學使惲次遠夫子

忝隨桃李列公門○山斗欣瞻氣象尊○鎖院掄才威令肅○衙齋接士笑言溫○雲程勉我追興祖○東送宗字先祖水鑑推公是巨源○祇惜栽成到朽質○難承鈞誨只銜恩○

守歲

黃羊祀罷日初曛○除夕光陰此惜分○餞歲宜尋去臘酒○辭寒並讀送窮文○爐圍午夜光同鬧○竈卜三更婦尚勤○折取梅花安几上○吟香直待曉鐘聞○

迎春

尋常車馬嬾趍迎。但報春來意飄傾。花徑呼童催葉掃。椰邊待客選泉烹。遲來暖日窓先啟。延到東風座畫清。桃李亦知韶景至。各舒笑臉對新晴。

元月二日送惲次遠夫子返旆羊城

東風繞送春好來。忽報先生畫艦開。觴節記從羊石去。桂舟齊趍鯉溪陪。幾枝蘭槳中流繞。一葉蒲帆細雨催。爆竹聲終舟去遠。相隨返棹肖重回。

韓江樓觀水

奮水蛟龍走急瀧。犀軍十萬吼江風。敵馳遠浦瀾翻

紫氣壓長橋浪捲紅波上樹梢吞蟹舍人屋居脊理
漁筒村莊忽變竈鼉窟驚怒巖棲老禿翁

月夜泛舟并序

壬寅七月既望、黄竹汀邀余及諸友、泛舟韓江、飲酒玩月、圍碁賦詩、酒後爰成七律却寄、

一輪明月一扁舟夜長空江汗漫遊烟霧鳳臺光入畫波平鱷渚氣澄秋席無酒令憑碁戰座盡詩人競句樓時在席者為黄佩珊、杜閬明、鄭耕原、王慕韓、王日珊諸君。恰好嫦娥宵不寐更深船上共勾留

庚子城樓秋望

玉宇浮雲世事更。城樓北望悵春明。亂山銜日秋無色。白浪翻風晚有聲。塞上烽烟騰紫闕。穴中亂雀竄神京。袞中誰是西平輩。佇挽天河洗甲兵。

尋韓公遺蹟

騎龍人望帝鄉歸。山水猶留去後思。海月珠尋當日句。嶺花椽覓舊時枝。波知鱷渚魚驅早。雪認藍關馬去遲。手澤世傳鸚鵡字。斜陽古壁搨殘碑。

觀察丁公履任數月太夫人在家棄養聞訃旋里賦贈一首

纔喜霓旌莅嶺東。無端萱室起悲風。驚聞仙母迴鸞

馭難挽使君駐玉驄。數月修政河渡虎。三州福溥渚歸鴻。海畔親栽千株樹。只當甘棠敬（愛）召公。公修峰嶼館舍並添種樹木故云

白石嶺道中口占

肩輿東出繞山行。望徧桐嵐足未停。嶺勢千尋撐石白。路痕一線入天青。空山古木千章傘。老圃黃柑萬點星。到眼風光描不盡。拈將詩句當圖經。

五十初度

蹉跎已是知非年。心裏非非異想牽。歲月催人添白髮。琴書羈我久青氈。焦桐幸有知音賞。朽木難承大匠鐫。俛仰乾坤商位置。應須守拙老林泉。

思構幽齋讀我書。年來生計轉愁余。一間屋託先人庇。十畝園輸故友居。紙上浮名行處有。書中金屋語徒虛。桃源倘許迷津問。欲訪仙人借草廬。

大夫松

棟樑之選國家珍。喬木居然著世臣。貴兆三公曾夢周。官同五穀昔封秦。任勝巨室才原大。位列崇班品有真。允合山中稱宰相。豈徒三命足榮身。

君子竹

漫將君子品芳蓮。還讓此君一着先。名在淇園稱有斐。才推衛國昔多賢。虛心世共師儒重。修士身兼節操堅。引得菖蒲風下拜。尚人德度自超然。

赴樟林道中口占

路出湘橋東復東。平疇麥笋弄霜風。冢山趨岸如爭渡。浙塔臨江欲遍空。野徑崎嶇扶健僕。村名約畧訊奚童。故人家在雲深處。却立烟中認遠叢。

籠鳥

幾年滯迹小園中。飲啄依人計未工。容膝祇堪消永晝。傷春未敢怨東風。養羞叢薄慚籬鷃。矯翼層霄羨塞鴻。振刷羽毛窗際望。青雲何日會長空。也思振翮向瓊林。奈隔疏櫺夢久沈。喬木已違遷谷志。芳劇辜負伴花心。寄身籬下從人狎。息影庭中伴鶴吟。强勝凌虛攖繳者。問渠何事墜高岑。

昂首明寔有所思。鳴春何必立高枝。翔身縱極雲千里。果腹祇同水一卮。樹集常防鷹隼攫。巢安恒受雨風欺。玉闌珠粒時相飼。亦算微生際遇時。

蝶板

教坊舞板舊歌娼。化蝶依然翅抑揚。按節拍來諧鳳律。依舊敲處叶鶯簧。花間款款催蟬唱。柳外翩翩和燕狂。翅是前身工記曲。夢中栩栩識滕王。

蟬琴

切切凄凄響戛銅。緜陰深處聽絲桐。自鳴天籟音微別。却叶人間節奏工。葉底數聲翻古調。林中一闋未薰風。曲終誰是知音者。翹首枝頭日正紅。

蛙鼓

水村日暮静鼉更。天遣蛙聲當鼓鳴。點密似催園蕊吐。興酣儼助壁蛙争。雨晴籬落三通報。風定池塘兩部清。世事公私渾不管。鼕鼕枕畔促吟情。

蚓笛

鳴蟀啼螿韵未奇。清秋有笛出疏籬。吟風韻叶鸞笙奏。咽月音諧鳳管吹。樓外一聲酬趙蝦。穴中三弄學桓伊劇憐清操無人和。只許於陵仲子知。

禹伏波 和家翊臣作

列宿圖形不及公。椒房恩重壓威風。雲臺雖掩勳臣績。銅柱終銘上將功。師進壺頭傷馬老。天窺井底笑蛙雄。男兒只要勳名樹。不在區區入畫中。

岳少保 和家翊臣作

誓掃燕雲志莫酬。十年功力等浮漚。黃龍未許追胡虜。黑獄反教對楚囚。心慟兩宮輕一死。冤含三字恨千秋。忠魂尚有湖山託。難覓趙家土一坏。

老將

結髮從戎憶少時。沙場囬首覺成絲。身輕百戰威猶在。陣掃千軍志未衰。李廣不侯真命薄。馮唐雖遇惜知遲。閒居按劍掀髯笑。只合韜鈐付健兒。

專閫登壇事莫論。即看禹蠱已銷魂。柱標駱越餘銅鑄。石勒燕然有蘇痕。春日玉門歸定遠。秋風衰柳感桓溫。公凱曾問籌邊略。尚欲餘生報主恩。

齋居感賦

頻年鑽紙笑窗蠅。頭白依然紙隔層。垂老當世桃廟主。養閒身似退堂僧。澆愁酒熟追元亮。遣興詩工仰少陵。剩有甕頭書卷在。祇須終日伴聾丞。

波羅奈國老頭陀。化石何年在澗阿。辟祖袈裟真自在。身依梵刹伴維摩。僧當說法頭應點。佛本持齋腹竟皤。是否布囊真貯米。問師師但笑呵呵。

感懷 和家璧自作并用原韵

紛紜世事力難支。蒲眼時雄各逞奇。還與只斟燕市酒。述懷且咏阮郎詩。也知守兔真癡物。未必從狼盡可兒。寂處蕭齋安我拙。垂簾看客着殘棋。

丙午停科舉有感

萬里君門志莫伸。一衿偏誤書生身。功名紙薄儒多腐。科舉場收士益貧。丹竈年深空守火。仙源地近已迷津。非關雲路無梯引。別有亨衢達紫宸。

飛絮

東風無力送愁來。摻雨和烟點翠苔。身化浮萍仍有色。舞同飛雪亦多才。春歸樹上鶯先覺。客去離亭蝶早猜。寂寞荒堤殘照冷。馬蹄香帶落花間。

餞春

陣陣飛花出錦城。送春檻載酒杯行。折來柳葉腸皆斷。歌到陽關調轉清。南浦同斟人半醉。空江水遠客先驚。流鶯亦解離情苦。啼對東風帶恨聲。

團扇

昔日班姬怨棄捐。今朝握手苦盤桓。携來明月隨身畔。引到清風發指端。便面如臨金鏡照。招凉好當寶珠看。此君不露脉棱角。却慣趋炎豈避寒。

竹夫人

賦質全無閨閫容。居然命婦受崇封。龍孫豈樂邀三命。鳳誥誰聞錫九重。身出管城家本盛。形同木偶貴何從。夫人應被扶人誤。錯認筠兒是女宗。合號此君字小童。爽凉無日不相從。身偕枕簟同安處。名許閨門並誥封。林下風來添午夢。庭間月上伴宵慵。夫有人有宜人處。不在尋常婦女容。

白蓮花

弗御鉛華弗点脂。天然皓質漾清池。粧成湖上嬌西子。浴出波心姤玉兒。朶韡疑鷗浮淺渚。花撐似鷺立芳枝。六郎盡說如君面。只恐羞顏比未宜。

濂溪雅士品清標。理學文章喜白描。本色淡原君子志。幽姿潔似美人嬌。月臨芳沼神俱化。烟靄畫堂影散消。境有縈華身澹泊。伊人水上思迢遙。

憶菊

記別黃英歲隔秋。西風籬落思悠悠。劇憐老圃無稽信。不念重陽有客愁。陶令歸來佳色好。魏公老去晚

香留。尋芳辜負登高節。未識幽姿怨我不
却從旅枕數芳時。夢繞疏林到菊枝。冒雨可曾舒冷
艷。傲霜應欲瘦芳肢。荳生南國鴻來早。書望舊園雁
到遲。相見東籬逢驛使。有人花下訊歸期。

楊少山六十初度以詩索和爰以七律一首祝
之

八月華筵酌令辰。畫堂晝暖一家春。三株毓秀看仙
桂。一樹成蔭仰大椿。身健渾忘年齒長。交深彌見性
情真。喜逢花甲經周歷。更祝花翻兩度新。詩後二載廣文已歸道山二度反成詩讖惜哉

留鬚自詠並柬少山明經

為羨髯公始蓄鬚。轉嗤鏡裏絖微殊。滄桑頓覺容顏改。霜雪驚看鬢髮鋪。笑欲染緇追禹錫。羞將捋句對羅敷。廬山面目依然在。應識今吾即舊吾。

泛舟樟林重晤宜緇諸同人

四年雲樹悵江東。渴想依依繞夢中。再至魂疑身化鶴。前遊雪爪留鴻。座依舊榻杯浮白。話對西窗燭剪紅。多感諸君情戀戀。吟樽傾盡始歸篷。

虞尹贈詩及魚脯作此和之用原韻

晤談昔屆九秋期。剪燭情深有酒知。言念故人心重義。惠而好我物兼詩。四聯佳句如珠貫。兩束珍羞當玉移。想見登高頭戴菊。黄花白髮景相宜。

虞尹以所作素心蘭詩見寄。即用前韻和之

近將吟興與君期。吹氣如蘭許我知。不道幽花偏解事。故傳香辦共催詩。體同儲潔神同契。交到忘言意已移。想見芝軒風過處。撲來清韵異咸宜。

再疊前韻一首

緑芳屈于昔相期。空谷三秋訪舊知。把到清芬懷故友。訂來素抱藉新詩。升庭擬約同心賞。入室頻教俗慮移。倘會蘭亭閑筆戲。句描方與此花宜。

輓家晚山觀察二首

太原旅舍客星沉。噩耗傳來淚不禁。直道一生明主鑒。清風兩袖老臣心。魂歸上界何官府。望在蒼生失雨霖。已曲昔嘗邀一顧。追思鈞範愴人琴。

道出邯鄲夢已非。關河迢遞思依依。宦途再入成蛇足。天路高騫失羽翬。客舍盼殘丹旐冷。汾河望斷素輀歸。只留家信平安字。猶是衙齋使筆揮。

輓孝廉李秋畹夫子二首

絳帳人歸丹旐新。龍門款傍已無因。神遊上界歸三島。身履亨衢過七旬。劉向傳經書付子。老萊辭祿杖

扶親○（先生遂臨高校諭不赴）書生晚占三多福○屈指儒林有幾人○
嘗因御李接車塵○聞悉匡衡昔苦貧○午夜雞窗書讀
月○丁年螢案管生春○門前庭樹多佳士○堦下蘭芽盡
可人○檢點舊時親剖槀○一間展讀一愴神○

辛亥九月紀事二首

萬里山河半壁殘○紛紛大地起波瀾○絲棼國事同兒
戲○瓦解軍心變敵看○新整國旗輝日月○重張漢幟煥
郊壇○鎗烟彈雨時時過○眼驚定翻思猶膽寒○
漢陽巨炮震江東○向晝烟迷曉日紅○運去逝雖難展
騁○時來屠狗亦雄英○調停帝國歸民主○豎頓神州變

美風。四萬萬人數月定。豈真立憲衆心同。

題余君右齋壁

書堂晝靜謝塵囂。恰好談心息倦勞。話到人情常按劍。看來世事合藏刀。花困日暖爭身出。竹爲風多學體操。隱處蕭齋培美植。知君意識本清高。

避暑至景文學堂作

乘涼偶入講堂中。適至星期罷課同。會客坐齋逢假日。坐人絳座盡春風。閒烹蟹眼清談久。靜蟬聲聽俗慮空。好是古榕垂美蔭。漫天炎景盡消融。

六十初度

六十光陰一擲梭。塵容未改鬢先皤。年雖彼我閒虛度。壯不如人老謂何。感舊親朋同輩少。述懷身世抱慚多。延年將進長生酒。杯對紅榴學醉歌。歲降適当五月

少年志學慕青雲。豈意儒冠竟誤身。棘院屢秋先避舍。桃源得路又迷津。凍蠅攢紙頭常痛。亂鼠搬薑口慣辛。句了頭顱仍舊我。人間今是一閒人。

世事烟雲過眼看。年來國步實艱難。江潮海浪平仍起。彈雨槍雲畫亦寒。天府重張新飾幟。公朝不覲舊衣冠。乾坤變故紛紜甚。只望餘生見治安。

頹態龍鍾世務捐。邇來昏瞶在人前。病軀得酒心猶

壯。老眼觀書日易眠。有命悔徇名利誤。無才惟望子孫賢。而今富貴都非願。只羨康強樂歲年。

夏日偶成

長夏幽齋客少過。竹床晝靜養天和。舊書有味閑逺讀。陳墨無香老懶磨。檢點籬邊栽小樹。思量池隙築竹窩。浮屠桑下不三宿。得結跏趺願已多。

秋懷

玉宇浮雲變幻奇。眼前光景幾遷移。閑愁難遣聊斟酒。長日易消只課詩。故國山河殘照裏。荒園落菊晚涼時。癡心欲闢東籬處。只惜難營三徑貲。

渭陽送舅

去國飄零十九年。栖皇公子問誰憐。入秦方懼虎狼噬。送舅偏攀壁馬前。三晉雲山迎騎去。二陵風雨哭師旋。英雄志事忘姻婭。枉費臨岐思黯然。

閶門懷古

鴟夷何事湛靈胥。江上英魂散得無。屍尚加鞭仇復楚。鬼猶爲厲恨吞吳。神憑雪浪三千丈。涛捲犀軍十萬趨。句馬秦車今不見。潮頭猶日撼姑蘇。

五丈原懷古

閃爍大星墜蜀軍。天收一將結三分。衣冠原上埋幽草營壘回前起陣雲。魏國山河無寸土。宋臣魂魄有孤墳。當年抵死爭雄處。渭水秋風散雁羣。

五坡嶺弔文信國

耿耿丹誠照汗青。先生毅魄尚英靈。孤忠次骨貞金石。正氣干霄麗日星。一旅勤王来甲子。六軍失計走零丁。天心厭宋臣心竭。只拚身名俎豆馨。

遣悶

觧淂浮生當夢看。管教到處意閑閑。百年作客乾坤内。幾輩留名天地間。無意遊雲舒卷好。孤飛野鳥去来閒。啟期三樂言堪味。真可箴愚與醒頑。

並蒂菊遊朱園作

祥鍾老圃發奇英。兩蓋黃金合一莖。昔見蓮妃頭並出。是園池中前有並蒂蓮花今逢菊婢子孿生。花如隱士聯沮溺。體託同胞孰弟兄。倘向東籬歌侑酒。應須絳樹奏雙聲。

和李雲章月下感懷 用原韵

碧空雲淨夜清幽。耿耿山河思共悠。天上常留圓缺影。人間覺有別離愁。百年住世同為客。萬里思君獨感秋。惆悵東瀛波浩渺。一輪海月照心頭。

輓杜蓮生

城西昨夜起悲風。吹去吟壇一放翁。生嗜詩篇人不俗。死為騷客鬼稱雄。撑來瘦骨吟常健。偷得閒身句易工。只惜蕭齋今倡和。更無佳詠接郵筒。

觀吳彩鸞書唐韻事感賦

黃絹誰臨幼婦詞。美人手筆字練貽。簪花格好描來慣。詠絮才高遇却奇。唐韻書成鸞可換。國門懸去馬紛馳。書生傭字無聊事。不道嬌娥亦效之。

陶淵明四首

作羈薄宦早言歸。寄傲南窗悵落暉。五斗米撑亭節屈。一官匏繫覺心違。宅源岫好雲忘出。栗里天昏鳥倦飛。碧柳門前垂美蔭。毵毵亦觧折腰非。

性躭麴櫱並琴書。莫管瓶空甑缺炊。覓食不嫌鄰舍乞。徵書偏欲大廷辭。荒園松菊開三徑。舊國河山付一卮。清節漢朝追四皓。高風并繫後人思。

孤琴獨撫思悠然。意適無須藉五絃。欲（愛）菊情深彭澤令。編詩字缺義熙年。世傳高士同梅福。自比遺民是葛天。繼起有人師和靖。妻梅子鶴隱中仙。

集親風雅返離騷。大呂黃鐘氣韻高。雕琢五言凌鮑謝。追隨七子壓劉曹。六朝詞賦風皆靡。兩晉文章品獨豪。典午風流銷歇久。遺篇千古尚尊陶。

望夫石

身化貞珉魄化烟。三生情繫舊因緣。望穿青眼魂先斷。不轉丹心質本堅。怨別無言因雨淚。臨歧欲語藉風傳。依稀織女昆池畔。目對牽牛思黯然。

感賦 并序

大埔京鄉張獅士南洋巨賈也、身殁旅次、柩由南洋歸里、假寓郡城江濱、賓客弔者、往來如鯽、沿途送者迎者、奔走執事者、肩摩踵接、道爲之塞、嗚呼盛矣、然繁華易散、光景靡常、遐思古人、感慨繫之矣、

多財鮮把黃金拋。到處教人奔競勞。士只固窮難免俗。家真殷富易稱豪。梁園賓客當時盛。金谷珊瑚幾

輩操塵世榮華渾夢幻。看雲獨立高山高。

漫興

一落紅塵便着愁。詩人解脫自風流。無花春借隣園看。有酒日教饕腹投。濁世漫談三不朽。癡心須識四宜休。歡場可樂從吾好。莫任攢眉到白頭。

于忠肅公 孫蕙先生有咏公廟詩，佚公昔建儲之諫，故特表之

建儲昔有諫書呈。疏同分明記史成。謀豈老臣才不逮。累因復辟事無名。鵲歸應作居鳩逐。兔死由來走狗烹。多少原功淪首罪。長留後世不平鳴。

春柳

幾日東風作入林。樓頭金縷綠搖新。小蠻腰細偏工舞。少婦愁多易感春。殘月曉風鶯語早。荒隄晴日燕来頻。柔條不為君行折。留取清陰夏庇人。

濯濯丰神裊裊姿。依稀孝伯少年時。花同舞雪才原好。絲欲迎風力不支。遊子天涯牽別恨。故人関外繫愁思。尋常雲樹情猶遠。況是春光滿鳳池。

春草

平疇春色望低迷。簇簇烟痕襯馬蹄。野闊無人隨意綠。山空有鳥盡情啼。遥嵐拖水来千里。新翠和煙畫一隄。昔日皇孫何處去。年年空見影萋萋。

嘘盡東風梛末醒。原頭昨覩影菁菁。春於驛路青中見。詩在池塘夢裡成。嶺上燒痕經兩活。眼前生意較秋榮。寸心難報陽暉德。只有葵忱向日傾。

江南江北望迢迢。綠偏芳堤廿四橋。遊客尋芳黏屐齒。佳人拾翠襯裙腰。鶯花有約逢三月。金粉無人見六朝。閱盡興亡消盡恨。綿綿遠道思無聊。

陌上芳塵送客騎。惱人情思影迷離。烟橫古道雲千里。翠染空江綠一陂。南浦碧添新雨後。芳堤魂斷夕陽時。忆來河畔青青色。不及春愁萬萬絲。

秋夜遣懷

造物忌才理有然。詩人邅遇常迍邅。浣花江上懷工部。采石磯頭弔謫仙。身貴每憂時命促。財多難必子孫賢。人生若盡膺全福。皎月應宜夜夜圓。

天河釣叟 明世宗嘉靖自號

帝星翻羡客星輝。身傍銀河立釣磯。小舸乘風凌碧漢。一竿垂月坐支機。居鄰織女絲堪借。足躡鮮公網快揮。萬里江山漁不足。尚期天上掛蓑衣。

汴梁懷古

汴水滔滔咽落暉。南朝宮闕認依稀。鴻溝地劃宮車去。燕塞霜寒御馬飛。劾檜廷臣眥欲裂。渡河志士望終遲於今。江左無陵寢。竟忘當年舊帝畿。

冬日即事

幾日天陰懶捲簾。連宵冷雨又纖纖。紙窗有隙寒先覺。布被無溫夢不甜。貧士霜晨增坎坷。書生風味半酸鹹。尋常起早今朝晏。只待朝陽曝我簷。

待客

清秋有約共樽開。幾日金風故故催。桐葉敲門疑客至。菊花排盞待君回。蟬隨殘暑去時去。雁趁新寒来處来。何事故人音斷絶。倚欄望月費疑猜。

梅影

癯仙秘術鮮分身。月下庭前自寫真。倒地依稀留墨畫。當窗偃蹇像花神。雪中冷臥疑高士。鏡裏新粧妬美人。是色是空皆幻相。好從疎影悟前因。

秋行日江

秋江潮落好開篷。萬里波光眼界空。水曲引人塵境外。舟行置我畫圖中。青山紅樹半竿日。遠浦輕帆一笛風。人世浮沉多跼促。何如溪上伴漁翁。

夏日湖山題句

仙人一股劃祠天。飛到湖山淺水邊。北枕遥峯圍碧嶂。南衿滄海帶桑田。亭臺曲折詩心妙。榕石嶔岑畫本傳。好是日高風靜處。攜琴岩畔聽吟蟬。

水仙花和丁兩生中丞作

仙人海上降凡塵。錦繡園中寄此身。蜕出貞魂清似雪。吐来香氣冷殊人。輕裾曳水逢湘女。素襪凌波憶洛神。脉脉芳心如解語。好彈雅操證前因。

書齋感賦

萬卷詩書不救貧。白頭猶是苦吟身。名場涉久都成幻。世味嘗多總是辛。村婦椰眉年畫舊。市兒花樣日翻新。忍飢愧煞東方朔。輸却侏儒是飽人。

四如堂詩集卷三

五言絶句

韓山山人陳錦漢著

書燈

一卷長夜吟。三更燈對語。知我惟君深。寒窗照心苦。

簾

一幅瀟湘雲。瀠漾韡紋細。身如住晶宮。秋波盪胸次。

帳

小幮罩輕羅。雲烟四面擁。美人春睡濃。夜夜護香夢。

西子

朝採吳宮花。暮泛五湖艇。清如浣紗溪。不及景陽井。

班姬

長信春寂寥。因風感團扇。扇有引風時。君王無一面。

明妃

國色妙難傳。非關人受賂。君王只索圖。宜怨畫工誤。

楊妃

殿上結長生。棄捐在中道。千古馬嵬坡。美人怨芳草。

消夏四詠

荷亭

水面荷花生。亭邊荷風美。芳意我已知。引我親君子。

竹逕

涵虛能受人。竹虛不受暑。逕裏問此君。引風與我語。

藤架

繞架綠陰濃。垂藤花爛熳。粉蝶亦多情。隨人來徑畔。

蕉窗

當户日方紅。當窗天晝綠。移榻傍蕉邊。夢中便尋鹿。

詠杖

老至與君親。提携隨步履。世路多險巇。非君誰堪倚。

覽鏡自題

對面又一吾。相觀皆色喜。疑是身外身。分來明鏡裏。

金山伏虎石

奇石半山蹲。夜窅成卧虎。不遇李将軍。誰能飲汝羽。

前山獅子巖。遠望猶咫尺。虎豈懾其威。為奚伏不起。

穗石有五羊。仙去無人牧。起起赴虎門。詠身餒其肉。

虎視環五洲。紛爭變世宙。君獨卧此山。居然伏不鬭。

猛性一何頑。終年不騰趭。習習谷風號。空山徒坐嘯。

舟中客思

桑梓經年别。音書數月稀。家鄉明日到。昨夜夢先歸。

秋齋感賦

白髮空齋夜。青燈獨坐身。沈吟披斷簡。愁絶著書人。

韓山晚眺

暮日去山近。長江入海遥。萬家烟樹外。秋色晚迢迢。

春日郊行即景

春路雨霏霏。沓蹊泥滑滑。聲聲聽鷓鴣。哥哥行不得。

北登百丈原。青塚何纍纍。芳草春又緑。王孫去不歸。

幾家修野祭。隴上紙錢施。寒食梨花酒。泉人知不知。

青笠散秧田。緑蓑冒煙雨。咸知穀味甘。不避農功苦。

塞下曲

一片閨中月。遠照玉關西。年年關外雪。冷不到秋閨。

山中訪友不遇

幽人丘獨卧。日暮款荆扉。但見門空掩。青天一雁飛。

白雲依斷岫。黃葉落空山。野徑樵歸盡。幽人獨未還。
清溪環舍北。沙上狎閑鷗。流水渺然去。臨崖一掉頭。
鐘聲何處寺。逸韻盪遙峯。野濶天將暮。僧歸路忽逢。

元日觀梅戲作

久缺梅花詠。花應笑我慳。今朝經隔歲。詩債尚未還。

春思

美人春思倦。悶坐獨含情。非無人可說。愁多訴不清。

枕中得句

鎮日無佳趣。詩成在枕中。古人吾不識。異曲誰同工。

花阡

花界成火坑。美人化黄土。羣玉愁空山。芳阡自今古。
千金市駿骨。百金葬花魂。一般豪士氣。各為美情存。
新阡舊花地。魂斷玉鈎斜。記取丘青上。春風開白華。
名妓歸淨土。芳草憶王孫。癡情成韻事。憑弔倒詩樽。

蓮採曲

采采池中蓮。花香君莫取。贈子以蓮房。教識儂心苦。

四如堂詩集卷四

七言絶句

韓山山人陳錦漢著

韓山懷古

海濱鄒魯古蠻方。烟瘴全消日月光。不是昌黎開雅化。此邦今日尚洪荒。

橡花昔放韓山春。濟濟詞林翰墨芬。（相傳山中橡ゝ花盛開則郡中科名特盛。）前代風流今歇盡。侍郎亭畔悵斜曛。

春閨怨

門巷春深長綠苔。尋巢燕子早歸來。無情最是溝中水。流盡桃花去不回。

秋閨怨

金風漢漢透重闈。日日江頭送客歸。徧有遠人歸未得。遥天望斷雁南飛。

題李曜初詩册

一卷新詩寫性情。風懷雅近玉谿生。劇憐赴召修文早。未及編排此集成。

文壇結契憶前盟。拔萃君先立漢旌。壯志未酬身已逝。曷勝感舊愴吟情。

重陽共醉菊花期。每到登高怕賦詩。猶憶穗垣同試寓。孤燈夜雨劇談時。

平子多情藻思雄。言愁宛轉句尤工。莫嗤霞飄些些物。亦是一絲心血紅。

夢醒口占

一枕黃梁夢未成。催人耳畔鬧鷄聲。破窗時有清光入。知是天明是月明。

丁酉選拔後適奉先君之諱未及赴京廷選服闋有以長卿入貲為郎相勸者囊乏餘貲心無宦志為託閨情謝之

欲買新絲織錦裳。入時花樣費裁量。貧軀布服穿來慣。羞學鄰家新嫁娘。

舊衣

一領舊衣着不妨。比来時樣度微長。雖然不及新裁好。却肴當前幾日忙。

漁翁

漁翁釣罷雪霏霏。貫得魚兒帶霧歸。回首滿江寒色重。一肩烟雨溼蓑衣。

戲題錫酒瓶

金軀管領醖香醲。沽肆周旋雜保傭。好似文君身落魄。當鑪點酒在臨邛。身隨金盞列華筵。勸客吳姬態並妍。壓酒得君場色好。贈詩端合寫金箋。

白衣送酒餉淵明。挹注如君貌並清。每欵花間拆一醉。必須低首待卿卿。

盛得匏樽竹葉香。瓦盆高唱亦相羊。何如美釀從君貯。伴我蕭齋醉晚涼。

友人齋頭賞菊

輕紅嫩白鬥新寒。粧點秋容畫倚欄。好似歌場羣姊妹。一齊排着飽人看。

傲霜皓質白於銀。不假胭脂點絳唇。雪夕風晨香徑裏。依稀如遇虢夫人。

美人扶醉過籬東。相對嫣然態並工。艷質似嫌人看損。枝枝羞臉盡嬌紅。

秋光漏在故人家。高士園中醉晚霞。我愧淵明共癖好。每欣到處賞黃花。

貧女

針線終年着手忙。刺成十幅紫羅裳。自家辛苦他家着。只換金錢壓飯囊。

閨怨

懶整雲鬟對鏡臺。芳心恥自託良媒。謀身輸與牆頭杏。枝向東風暖處開。

柳葉眉長不掩愁。羞隨女伴踏青遊。年年春色常辜負。月冷香閨二十秋。

月夜憶黄午齋孝廉

溶溶皎魄泛金波。萬里清光此處多。未識故人江海上。今宵月色竟如何。穗垣書舍共幽窗。叔度心情臭味同。別後俗塵增幾斗。望君何處寄飛鴻。

潮州元旦竹枝詞

曉起堂前蠟炬烘。家家接歲拜天公。門兒亦學人粧扒。兩面春聯似類紅。

深宵爆竹響連聲。鬧到天明尚未清。紙散殘紅飛滿地。宛如花落變春城。

遊人兩兩復三三。梛巷花街首各探。好似聽鸝尋仲若。齊携錦帕帶雙柑。

賀歲賓朋各款門。名箋字刺往来紛。年年似報登科喜。深巷頻添吉語聞。

堂前款客進茶香。美味還教諫果嘗。不忘舊時風俗厚。堆盤橄欖代檳榔。

猩紅錦線紮金錢。巧樣排成寶月圓。掛向身兒稱縛臂。祝兒富貴當腰纏。

江城元日盡鮮華。綠女紅男到處誇。村媪迎春忘老醜。白頭猶插一枝花。

春盤不用五辛排。獻歲咸持一日齋。先進麻糍當早膳。團圓慶要一家偕。

新春樂事鬧幾天。嚴兒葉子戲紛然。童兒賞得葫蘆本。亦向堦前學賭錢。

歡場百戲熱紛騰。蹋踘攤錢各賽能。難到黃昏人始靜。兒童又鬧鯉魚灯。

春日憶宜緇別墅諸同人

鳴鳩語燕報春風。喚起先生午夢中。想見宜緇庭裡樹。青青遙映夕陽紅。

桐期文戰掇巍科。學海無端起大波。士路別開新境界。虧君十載苦吟哦。

歸途送我泛輕帆。又逐扁舟到半塘。一水迢迢相望遠。江流曷似此情長。

別後修能與昔殊。各張鵬翮向南圖。青雲拭眼看飛鳥。翔到秋空返顧無。

望山

試之這山望那山。分明草色遠斕斑。如何更上前山看。却又青青遜此間。

明季三藩遺事

擁立南都議各殊。潞王英睿福王愚。中興事業資賢聖。擁戴先教一着輸。

馬阮當朝物議騰。士心未附將心橫。空留閣部抒中悃。一木難支大廈傾。

惡稱君側返左驂。反忘前途大敵戕。掘亂未成社已覆。終淪首罪是甯南。左良玉封甯南伯

金陵藩蔽恃河南。力障全淮旅不單。四鎮嘗無韓與岳。欲如南宋偏安難。

征求搜括到孫寒。應試輸金士也艱。到是一條方便

法。小場縣府試從刪。

大兵南下勢難支。前部添師血疏馳。廿萬雄兵渾不遣。盡留都下樹降旗。

大將淮中奮戰戈。美人帳裏自笙歌。敵兵將進君王酒。爭奈宮中尚醉何。

廬陵少婦亦能軍。奮勇家興鸛鶴群。養士累朝無寸效。只看義烈出釵裙。

監國閩中擁立唐。芝龍慕義亦勤王。如何欲雪南都恥。竟憚興師諸建康。

粵西藩服又稱尊。瞿帥軍孤難久存。僻陋桂林延一綫紙同釜底走游魂。

嘲蜂

口甘舌潤腹鋒銛。林南後身類日添。枉費花心偷宿蜜。一塲辛苦爲誰甜。

送家曉山觀察之官山右

冤旌北上覲丹墀。奉使官仍代北移。好趁輕車資熟路。從容翔步陟台司。

臣心如水鑒明神。君自謂筮仕伊始，即以不受苞苴自誓。卅載官囊橐舊貧。此去應無違素志。未知何以阜斯民。

晉陽西望路迢迢。容裹風霜好自調。六十離家身萬里。誰因賦別不魂銷。
峩行人共羨登仙。翹首龍獨門悵然。以後蕭齋風月
好。欲聆鈞誨已無緣。

九日偕楊少山登韓山懷社中諸同人

廿載登高憶舊盟。故人今等曉星明。重來韓嶺尋前
夢。但見秋空一雁聲。
空山猿鶴感離羣。話到茗尊欲斷魂。況是插萸逢九
日。那堪佳節對吟樽。

齋居遣興

不親世務雜塵寰。輸却繁華換得閒。鎮日蕭齋怡倒

甚。看書看畫又看山。

水中梅影

春蒲羅浮夢醒時。溪邊作見影迷離。梅妃似學楊妃寵。亦對温泉洗玉肌。

臨池疏影致横斜。爭把天然畫圖誇。好似玉人窓外望。朦朧只隔一重紗。

縹緲凌波似水仙。照來綠萼淡於烟。渡江有客增惆悵。桃葉桃根總失妍。

幽姿趁水影瀠洄。髣髴壽陽舞鏡臺。蛱蝶不知身是幻。波心攢去忽飛回。

水仙花贈友人作

珊珊仙骨寄相思。當作南梅雪一枝。添上清齋供品賞。心香領取未開時。

靈根只合種仙都。飽浥露華葉自敷。待得花開香滿處。不知還有新詩無。

弔秋瑾女士詩四首并序

女士浙江人遊學歐洲歸任女校教習因徐錫麟事被逮臨刑有秋雨秋風愁煞人之句時人憐之爰本其句演為七絕四首

秋雨秋風愁煞人。俠兒罪累女郎身。東吳南越人千里。律與同仇恐未真。強拳才女附叛臣。秋雨風秋愁煞人。浙水有情思湔雪。朝朝滌血到江濱。鶯閨夙負鵾鵬志。心欲匡時身自累。秋雨秋風愁煞人。羅襟滴盡英雄淚。抵死蛾眉不效顰。俠腸雖斷貌猶新。洒腔熱血究誰訴。秋雨秋風愁煞人。

戲贈友人納寵十首

新添金屋貯阿嬌。喜覩仙郎會鵲橋。欲引秋波前顧曲。隔簾先度一枝簫。

春好夭桃花早妍。紅妝窗外見猶憐。柔情綽態知誰
似。鬢髴巫陽雲雨仙。
灯紅酒綠可憐宵。楊柳風前弄細腰。粉膩脂香春意
暖。教郎未夢早魂銷。
梛市花田快冶遊。醉鄉路轉是温柔。桃源未有問津
客。只算漁郎福分優。
芙蓉小苑泛輕航。境入荼蘼夢亦香。蝴蝶徑深飛欵
欵。前身花裹一蒙莊。~~花~~
比翼文禽傍沼眠。薰香水煖夢初圓。人間艷福難消
受。修到鴛鴦勝淂仙。

春氣如酥透玉肌。煖香末逗意先知。花嬌難任狂飈悔。寄語東風好扶持。

花院春寒睡起遲。香腮微褪少胭脂。吹噓費盡春風力。管到枝頭結子時。

新人燕笑憐舊人。月冷長門苦夜深。縱把珍珠慰寥寂。可能償得此時心。

老去心情萡翠翹。桃根桃葉夢俱消。只嫌賦就閒情句。贈與潘郎當解嘲。

感舊八首 詩多未及盡錄

書生偶現宰官身。一載琴堂夢未真。忽聽鳴騶村外

返只憐遺骨不歸人。[illegible]垓宗蘭

卓犖膠庠一偉才。盛年摧折世同哀。難將形貌論夭
壽。骨相如君遽早灰。家雲石藹岱

晚境奇窮命不猶。生平謹厚懋儒修。無端誤墜盤龍
癖。抛盡黃金悔白頭。家若晦九淫

前世書叢一蠹魚。嚼欠終日費勤劬。幾回食飽身須
次。只惜天廚照命無。蔡乙蔡綠青

風情不減杜司勳。春路評花甲乙分。果有特識。闌人天宮決休花頗殘。香
影隔簾看了了。如君眼力可掄文。蔡秉文見龍

交我倪生味淡如。友仁家學本工書。清才早卜科名

利。一擊只聞中副車。郭倪生印

文字堅凝性格奇。襟懷相近亦相知。別來豪氣今何似。臭味芝蘭繫我思。謝雲欒龍翔

落、磊胸懷馬不羈。精神與朗見文辭。田田優壽居前列。無改清貧數也奇。劉伯筌謹

題家斗生牡丹畫幀

濡染天葩燦綺霞。移來蓬蓽頓增華。鳳城萬户皆春色。只少人間富貴花。

盎盎丰姿泆泆梔。天然色相冠羣芳。憑君揮就生花筆。頓覺春光滿畫堂。

輕描素質洗銀毫。不着胭脂韻更豪。富貴場中留本色。知君興致自清高。

芳景繁華易散場。傳來紙上墨餘香。經年顏色無凋謝。留與兒孫看久長。

遊春紀事

杜牧三生鬢髮摧。遊春隊裏强追陪。人雖約客看花去。花定笑人逐客來。

夢遊春山詩 并序

余嘗夢遊春山，一路山桃未花，巖草少綠，惆悵而歸，家有紅梅一株玉蕊齊放，差覺可人，因成七絕一首，醒後忘之，今讀藝苑名言中有一詩辭意君同不覺狂喜竊幸古人先獲我心也因亟錄之以誌其異云爾.

嶺上尋春不見春。芒鞋踏碎山中雲。不圖家裏梅花樹。春滿枝頭已十分。

題二喬觀兵書畫冊

香閨姊妹並英雄。日課兵書當女紅。婦女亦能談戰伐。允宜吳國霸江東。

當年兩美艷江南。銅雀春深興未闌。知道夫人皆好武。應教色膽墜曹瞞。

夫婿齊搴將大旗。屢卻曹軍百萬師。須知決勝疆場
處。已在深閨講武時。

巾幗談兵韻事新。女兒家學有傳薪。贅婿洞房排劍
隊。新郎亦怕新夫人。

湖山題句

無人不到此山遊。步入深巖處處幽。曲徑終輸平地
穩。世人早看早回頭。

和李雲章詠菊 用原韻

生來骨格勝羣芳。玉蕊高秋獨傲霜。桃李春榮君不
羡。只爭晚節吐奇香。

送友人之東洋遊學

春波渺渺暮山愁。送爾長崎賦壯遊。莫怪人間多別恨。古來江水尚南流。

東瀛雲水望迢迢。萬里尋君夢未消。倘到日京梅乍放。好傳芳訊付汨湖。

黄菊

秋容清瘦淡於人。色秉中央土德深。莫謂淵明是貧士。東籬點綴盡黃金。

白菊

秋容淡淡玉生香。不假胭脂助艷妝。只道傲霜留晚節。誰知質更潔於霜。

酒瓢

生來麴蘖是因緣。覔角帘邊抱酒眠。一缶虧君勤挹注。無常涓滴積中邊。

蟾蜍石

蟾宮謫降是何年。僻處湖山歲幾千。貽侯却消頭髮角。（頭髮角見抱朴子）再騰月窟伴嬋娟。

舊居落成誌喜并序

戊午正月初三午刻地大震動。屋宇傾倒無數。碎瓦頹垣填街塞巷。城廂壓斃數百人。傷者不計。蓋一劫數也。考舊誌

治平三年潮州地震傷壞民屋災與此同盖千年而再見矣余家老屋數間傾圮幾半今經修葺完好各慶安居爰爲詩以誌之

無端平地忽傾斜屋墮垣頹處處譁天意似嫌余室陋特教門戶換光華

漫云補屋祇牽蘿易瓦更楹物力多數月綢繆今始固只煩兒子各張羅

屋小藏書苦未由後庭添架一層樓閑窗展讀餘青興並可憑欄豁遠眸

巷南巷北皆吾居分住依然是一區路濶通衢門對

句。春風听鳥共桐呼。

題三漁集詩册

春蠶繭結蚌珠胎。氾浮詩人妙句裁。半世精神工力在。未應輕棄覆瓿墨。愛吾廬

風華詩筆妙明心。織恨織愁思絕倫。一樣爭常花雪月。拈來妙手總成春。濃卿書屋

擘浮天孫雲錦絲。入君心坎幻新詩。元黃組織工夫妙。不愧香閨幼婦詞。吟香閣

款款仙郎意念長。言情悱惻復芬芳。詩才宛似船山婦。比到梅花句更香。張船山夫人有修到人間才子婦，不辭清瘦似梅花。

湖山雜咏

怪石誰驅到嶺陂○驟龍躍虎蹲熊羆○化工自具文章巧○高下鋪排處處奇○

靈巖境界本虛空○佛座當前望眼窮○欲識湖山真面目○會須搥碎梵王宮○

秋稼如雲徧隴黄○憑欄縱目亦相羊○更須麥浪春來看○添淂餘薰餅餌香○

山光倒影落明湖○皺碧皴青看有無○日日黛痕橫水面○是誰依樣畫葫蘆○

荷錢

誰擲青蚨投碧泉。點溪依舊疊成錢。荷塘鑄此知何用。似為蓮花瓣歲捐。時偈亦有捐故云

觀水有感

歲月如波疊疊浮。少年好景去難留。人生壯歲須努力。江水無心復北流。

新晴郊望

歸雲帶雨過前村。宿霧猶留葉底魂。霞散晚紅山滴翠。新晴好景是黃昏。

秋日即景

萬木當秋氣叫囂。高颷入樹葉齊號。黃花枝弱難鳴

歲。亦對西風學體操。

秋日郊望

朔雁排空數點飛。霜林紅葉落斜暉。一聲清磬千山暮。人在白雲深處歸。

觀小學校旅行作

行歌學侶盡戎裝。習武兒童少亦強。銅鼓聲聲人悚聽。秋風一曲唱伊涼。

觀女學校體操作

堂開女學聚鴛羣。小隊居然娘子軍。場裏教操如教戰。不知勝負欲誰分。

九日登韓江樓作

東城九日獨登樓。山色波光一檻收。秋水伊人望不見。江流引我思悠悠。

水中月影

一水溶溶洗玉盤。金光閃爍起微瀾。蛟龍窟底如偵見。應訝明珠欲戲湍。

昭君塚

美人青塚傍烏孫。一曲琵琶恨尚存。多少深宮名滅没。身流荒塞亦君恩。

荷錢

貼水青銅箇箇圓。應來萬選數萬千。新荷發得財多好。勝似莊家出紙錢。時同爺晦打醮行紙云

題唫花別墅詩冊

新詩清妙近隨園。意態輕盈逸韻存。鮮得文人真慧業。端由夙世種靈根。

鹽貴

書生不畏食無鹽。醃價任教十倍添。非是齋居甘吃淡。自家風味本來鹹。

自題拙集

英華含咀幾多時。嗅味酸鹹只自知。祇惜盤盤皆野

蔌世人未必嗜相宜。

四如堂詩集卷五

五言古詩

韓山人陳錦漢著

讀謝元暉觀朝雨詩作

朝雨飃輕絲。幽人起愁思。乘車防路滑。坐室苦䩉霱。
悵獨世途險。思採商山芝。馳心託蓬萊。何若安茅茨。
游魚潛深壑。重淵釣餌垂。飛鳥逸高岑。層雲繒繳施。
有生各有擾。疇無憂患隨。我師莊叟達。行樂在及時。
窮達順其遇。陰晴審厥宜。沽酒聊自賞。臨風進一卮。

讀少陵茅屋為秋風所破歌作

少陵破屋居。慨想厦萬千。廣庇天下士。襟懷何廓然。

胡為破屋茅，童拾遽怒嗔。一草猶顧惜，廣廈能含旃。
謂是補屋蘿，未與他人牽。何又甘凍死，俾士盡歡顏。
詩人興到語，未可滯言詮。以此覘品量，真相恐未傳。

讀東坡詩集有感

東坡曠世才，立朝少同志。黃頴及循儋，還謫瀕再四。
人為公也惜，諸艱身歷試。我却為公喜，流落增才思。
志鬱文愈奇，遇艱才益肆。蹤跡半寰區，聲名滿大地。
至今嶺海陬，墨寶咸珍秘。當時烜赫輩，身滅名誰記。
乃知造化心，玉成有深意。雨露與冰霜，於物皆培植。
不經盤錯場，何由別利器。寄語迍邅人，振厲因自棄。

感遇三首

朱華春爛熳，未夏先離披。黄菊秋清妍，經冬剩枯枝。
衆芳迭開謝，榮悴各有時。從無早開花，終歲色不衰。
痴人營一業，視爲萬年基。爲問創業人，百年在者誰。
春氷無久固，圓魄有常虧。俯仰觀萬物，惻然心傷悲。

羣鳥慕層陰，競附高槐集。仰希朝露光，俛啄秋田粒。
栖止良淂所，歡聲時唈襲。不遇挾弓人，隐在樹間立。
雛亾雉羅張，寧免鶵彈及。風雨影飄摇，危巢復岌岌。
回翔有高鴻，孤飛深林入。

嶧陽桐樹枝，挺然高百尺。偉質含清音，俗工誰辨識。

樵牧斧其枝。狐狸穴其隙。纖處蓬蒿間。反不如凡植。
及其為琴瑟。知音頻顧惜。襲之以錦囊。薦之以瑤席。
頭晦祇此身。貴賤境殊隔。昔棄同朽株。今珍如球璧。
誰與風塵中。鑑賞先物色。

遣興

神山不可即。桃源難問津。讀書觀古人。何異參群真。
周孔垂禮樂。簡冊見精神。其書世共寶。其人日相親。
歷劫終不灰。即是壽千春。豈必求長生。乃為真仙人。

歌懷王述齋硯伯

先生古誼士。昔與先君遊。文同探漢宋。字覺摹顏歐。

三試蹶文場。一笑歸林邸。棄儒師貨殖。服賈工運籌。
香島初開埠。君往展壯猷。鴻毛遇順風。健翮盤高秋。
賤子進初學。肩試駕輪舟。順途一請謁。相見意綢繆。
資我旅雁費。饜我嘉魚饈。慇懃加獎勵。臨別尚相留。
丑歲居優等。食廩幸有由。一飯貫千金。時欲蒞庠五貢。費常千餘金。我
力難為謀。先生盡慫恿。付腋助成裘。百金千里來。珍
重瓊瑤投。有如當旱苗。忽逢嘉澍流。點滴亦知甘。刻
乃澤尺周。此情伊古少。豈易令人求。耿耿縈中懷。愧
無良玉酬。喜報在郎君。秋闈兩子售。先後擷巍科。光
彩耀松楸。自慚不舞鶴。獨對羊公羞。

寄懷學使樊介軒夫子

先生令巨源，鑒物判賢愚。精心懸藻鑑，慧眼隼離朱。衡文來嶺嶠，鏡網羅珊瑚。昆山搜美玉，濁水貢遺珠。賤子砆碌材，偃蹇在泥塗。兩試蒙首選，優睞冠羣儒。翩翩膠彥上，自顧轉形汙。先生玉尺裁，獎許比瑾瑜。譽我詞富贍，矜我學勤劬。（薦札中有詞華富贍向學精勤之語。）因登廣雅堂，群彥共蹌趨。（時有会初設廣雅書院，課兩廣士子以古學。）治經分漢宋，讀史宗韓蘇。學海渺無涯，於此識門途。生平學試塲，知遇先後俱。似此眷注殷，感佩淪肌膚。愧非騏驥選，謬任良樂驅。知己恩未酬，中懷常鬱紆。

讀史襍咏 趙武靈王

武靈學匈奴，胡服而騎射。秦王絕匈奴，長城萬里跨。一因變法亡，一以自強霸。各懷保國心，成敗分冬夏。兵強由將勇，卒練斯神暇。中邦有長技，善用免他藉。衛霍臨敵邦，單于先避舍。得人居人上，徒法死法下。

其二 漢武帝

漢武立昭帝，先賜鉤弋死。子貴毋則戕，恩薄何乃尔。秦芊有國奢，呂后有人彘。謂是鑒於茲，猶未窺厥底。宣元成哀間，恩戚接踵起。許史簇方張，丁傅勢尤侈。元后倚外家，新莽移國祀。帝豈及見茲，先事燭其理。

決計絶趙姬畫圖付霍氏傳昭及孝宣政平治稱美
設委後宮人漢祚先傾矣大哉賢聖君聰明周萬里

其三 閹寺

周禮閽寺人職歸冢宰治漢室嬖倖臣權由丞相制
鄧通治倖臣宮中恣遊戲在廷一懲儀申屠奮其臂
赫赫大臣威閹豎迹屏避延及哀平間宦官不敢肆
東漢獨不然常侍内選置蠱主美威權得君益驕恣
齒牙詔命出喜怒露霜異拔之出九淵棄之委平地
貂璫柄用事英豪皆短氣去之無良謀身反遭毒噬
黨錮一以開國祚亦旋替緬懷周漢初美制有深意

其四 李克用

晉王匹夫勇。徒自擁強兵。興師復長安。不善收其名。使其學有術。佐時效阿衡。留兵守帝闕。迎駕返神京。再造唐社稷。偉略繼西平。赫赫勳名垂。史册增光榮。胡爲舍此去。追賊急遐征。不稱君側惡。止逼叛臣横。視國若弁髦。委主在棘荆。太阿身倒持。反爲逆竪乘。两度濟黄河。撒手徒空行。添聚九州鉄。此错鑄難成。

其五 石敬塘

石晉父契丹。藉以剪唐祚。國以奚兵立。亦以奚兵誤。單貪摟閭閻。歲輸傾府庫。燕雲割全州。後世增唾惡。

河北失藩籬○中原滋多故○釁非宋始開○身沒子爲虜○
得國僅十年○貽禍實無數○依人受人凌○務者多弗悟○

其六　李牧

李牧守趙邊○堅壁遏歸路○胡兵氣屢挫○畏李如畏虎○
竊怪南宋初○金人膽何許○濟河越長江○深入莫能阻○
誠有安邊才○臨河建旗鼓○河北屯數軍○慎守同禦侮○
來僅避其鋒○去急踵其武○彼擊此爲撓○左攻右則拒○
金兵工衝突○銳氣易消沮○河洛難遽遹○江淮敢輕赴○
猜嫌失兵機○權分將無主○同舟不同謀○相遠莫相顧○
億人億萬心○奔敗可逆覩○安得李將軍○指麾保疆土○

河隄歎

我邑瀕長江。上下百餘里。兩岸峻隄防。東西亘遠迤。
每當江漲時。波濤浩淼瀰。提防一小疏。為害伊胡底。
田園沙淹沒。廬墓被蕩毀。萬姓淪為魚。百穀汩於水。
非唯飢饉洊。亦虞盜賊起。前事有明徵。能無憂深杞。
北隄築堅牢。衝突時警耳。餘隄身單薄。防堵更難恃。
或以填石磯。藉抑流奔駛。水激力橫衝。顧此實傷彼。
何如培厥基。使水勿齧趾。堤下護隄根。隄外添隄子。
填出廣丈尋。層下伸尺咫。堤厚基自堅。水遠力當弛。
一勞得永安。雖費焉得已。世人每憚勞。未雨弗修理。

直經災至後。方肯謀經始。

中秋夜望月

夜夜塵囂清。閒庭盼佳月。層霄起陣雲。頓掩清光發。
黯黯碧虛空。沉沉丹桂闕。霄露寒侵衣。邊風冷沁骨。
思欲借金鏡。盡把雲烟刮。奈隔銀河遠。天高不可越。
欲濟苦無梁。憂思無斷絕。脉脉此時情。難對嫦娥說。

蓮生病起携詩來齋索和作此調之

少陵早多病。病爲苦吟詩。君今常臥病。病轉藉詩醫。
覓句神增旺。攤箋樂未疲。骨撑孤木瘦。肩聳玉樓欹。
句妙因閒得。身羸仗藥支。蕭條庭宇立。老鶴漫相嗤。

遊山紀事

羣山如奔濤。洶湧而南趨。再伏復再起。作勢下平湖。
晨往探幽勝。石磴路縈紆。當前雙嶂合。欲進疑路無。
穿雲歷鳥道。兩山忽分途。崖懸千丈高。徑仄僅容軀。
怪石爭路立。橫枝慣衣摳。逡巡歷巖壑。如蟻穿曲珠。
天地忽開朗。平野拓中區。青塍連紫陌。麥秀雜烟鋪。
茅屋兩三家。榕桑八九株。山深無犬吠。人靜有禽呼。
超曠絕塵境。桃源地曷殊。再上有高峰。足力已告劬。
憩此縱幽賞。臨去足踟躕。人生貴適志。何事利名拘。
高卧岩石中。爲樂勝瓘逾。下山牛羊來。頹陽掛桑榆。

歸來酬兩腳，美酒傾雙壺。中夜夢重遊，魂繞此山隅。

田家雜興

治生雖戕事，農圃實本務。我愛樊君雲，持家有法度。
卜宅凡亭敞，堂室高低附。門前稻花香，屋後松陰護。
嘉木森千章，珍果羅幾樹。鑿池種魚鰍，開栖畜鷄鶩。
生事謀之周，資給取之裕。每當耕獲時，課功及童孺。
春田驅犢來，秋稼趁鴈赴。日出兄弟偕，夕息妻孥聚。
兩成一告豐，為樂更無數。社酒釀家家，村歌鳴處處。
鷄豚洽比鄰，酒羔樂歲暮。觴豆意怡怡，子姓情煦煦。
即此自堪娛，何須復外遇。平生志邱壑，心契非虛慕。

買山苟得資。吾將行吾素。

械鬬歎

門前犬吠狺出戶。探其故。無數南村人。抬屍向縣訴。
借問何冤由。致此身傷斃。臥者不能言。將死未及死。
老婦前致詞。傷者實孫孫。自少嗟煢獨。賴孫給饔飧。
今晨出經紀。取道過前村。慘逢惡少年。奮刀如電奔。
並非有宿怨。竟若報深冤。徧體被鱗傷。鮮血漬衣巾。
脫有意外虞。問誰養老身。一語一下淚。聽之心酸辛。
欲與相寬慰。匆匆去不聞。惡俗嗜私鬭。睚眦若深仇。
一人啟釁隙。一鄉動戈矛。不論良與歹。相遇即尋讐。

往往事外人，反辜作敵類。岆鄉方搆難，彼鄉復效尤。
辜運及百族，相殺無時休。結怨動經年，遠者幾十秋。
安得賢宰官，力洗此風偷。歎息未及終，謹聲忽動地。
前村驗傷人，抬屍又繼至。

望月有感

秋月厰清光，浮雲何相妬。着意竟周遮，惟恐蟾輝吐。
如鏡蒙輕塵，如花隐深霧。如燈蔽幨帷，如珠裹繒布。
須臾雲烟過，皓魄復呈露。纎去鏡愈明，於心有深悟。
人生塵世間，横逆常相遇。高才興謗讟，賢士多憎惡。
無異貞明體，忽被氛垢汙。本質苟無虧，纖纎終自去。

識者鑒於茲。獨立世無懼。反己勵貞修。與月相終古。

范蠡

范蠡身霸越。獨擁西施終。慮身雖云智。謀國實未忠。時當戰國初。羣雄競兵攻。高鳥實未盡。何慮藏良弓。謂彼傾城姝。吳江忍女戎。去之絕禍水。免轍蹈甬東。詎知嘗膽人。本非漁色翁。以此防其亂。無補當時功。且慮色賈禍。何又身暱從。置身兒女寺。豈為大夫雄。大臣身致主。盡瘁而鞠躬。拳拳心報國。我懷諸葛公。

趙苞

趙苞擊鮮卑。置母為賊屠。於國無負矣。顧親何忍乎。

當時賊萬餘，視母奇貨居。狼貪利可誘，虎暴誠可孚。
委曲全所生，未必無良圖。胡不聞一籌，麾衆遽長驅。
胡騎風捲沙，覩血雨洒涂。勳名炳旂常，骨肉棄郊衢。
息心念明發，何以荅桑榆。涕泣自殞命，藉此明區區。
惜哉匹夫諒，忠也即於愚。

黑雲

黑雲如飢蛟，望月急奔赴。坦腹羅種青，蹂身捕玉兔。
初蠶光微蝕，全吞影莫覩。天地忽變色，黯黮含深怒。
道路失光輝，行人多恐怖。帝乃飭飛廉，尔職清皇路。
太虛浩蕩中，豈容醜類住。急起與驅除，不教足留駐。

封夷方整駕。惡虬先翔步。放出大寶珠。光明散寰宇。圓魄幸未虧。妖氛歸何處。沉沉碧空碧。須臾絶纖霧。

感春三首

春序忽焉徂。詩人唱憯公。萋萋餘嫩綠。習習來悲風。坐樹鶯相語。窺園花失紅。翩翩蝴蝶癡。復覓舊芳叢。物理有榮瘁。交情少始終。平生數知己。分散成飄蓬。

輕絮雜枯榆。辭春散九衢。萬品無久固。百年亦須臾。仙人有喬松。千歲任逢壺。思欲從之遊。貝闕駢瓊酥。放眼觀六合。遊心徧八區。高唱落天風。咳唾成璣珠。醉拍洪崖肩。笑撲洞賓鬚。叱月西南征。逍遥返舊都。

惜無凌雲翮。臨風獨嘯呼。

東風乍入林。萬樹皆猗旎。芳菲曾幾時。寞寂乃如此。
翩翩少年行。驄馬耀閭里。韶華非不貴。年光惜易逝。
轉瞬顏色改。歡愛變醜詆。昔為妍媚姿。今成飄蓬子。
良時不再逢。及春當自勵。

種瓜

小庭餘隙地。擬栽竹與花。呼僮覓佳卉。竟購一倭瓜。
來時生意微。兩葉抱新芽。植根經日月。藤蔓紛相加。
引以青玉竹。映此綠窗紗。嫩葉酣朝露。鮮花艷晚霞。
清陰添屋角。新翠溢簷牙。結子夫何如。纍纍望方奢。

少年

天氣清晨佳。人生少年好。及春日方長。修學期務早。
河朔擅名多。洛陽稱譽蚤。努力企前修。莫任韶光老。
健兒好身手。遠大期能到。壯歲不自强。老境空傷悼。
及身無令名。沒世同腐草。

拙齋題句

世人競智巧。鄙拙爲腐庸。須知拙者佚。不似巧多窮。
有叟性倥侗。自號信天翁。治生無善術。操業謝良工。
數畝守荒園。一椽治卑宮。屋低茅逼迺。徑仄草蒙茸。
園植枝皆醜。階流泉亦蒙。造門無顯宦。掃室有頑童。

晨夕手一篇。謳吟歷三冬。署居曰拙齋。俯仰常雍容。
視彼奔競徒。身世工迎逢。未言先啓笑。欲語必鞠躬。
所衣盡鮮衣。每乘皆肥驄。居遊崇貴顯。聲勢託王公。
一朝恩眷失。零落同飄蓬。作繭身自纏。真是可憐蟲。
何如安我拙。遭際任窮通。勢利絕紛擾。精神守渾融。
心安夢寐適。欲寡境界空。抗志壯士壯。遊心東海東。
上世無懷氏。人間没嘴公。始知安樂法。即在迂拙中。
問彼拙中趣。貿貿味其衷。揮毫題拙句。唧唧夜吟蛩。

讀史襍咏

蕭何治未央。高祖怪其侈。文帝作露臺。徵匠中復止。

二帝非吝資。懼世即侈靡。豈知易代後。增飾紛紛起。
宮闕鬱崔巍。層臺紛聳峙。彎輦飾金珠。牆垣被羅綺。
設令二帝覩。驚詫當何似。率儉世猶奢。縱欲爲可繼。
所以西京風。數傳祚旋替。
漢武事匈奴。中原民力疲。論者加疵議。謂無遠勤師。
乃觀高祖時。平城瀕憂危。奉春建和議。邊警仍紛馳。
呂后養驕子。文帝增厚遺。恩施而怨報。異族難羈縻。
若非振聖武。曷以助明治。衛霍朝臨敵。呼韓暮來歸。
乃知申撻伐。正以工撫綏。迂儒事姑息。無當當時宜。
晉室封八王。藉以蕃國祉。誰知亂國基。反自諸王始。

其始寵眷隆。其繼委任侈。肺腑養癰疽。城社憑狐鼠。
宗室擅威權。骨肉起猜議。明知患宜除。積重病難起。
譬如大樹根。攀援叢蔦蘿。去之蔓難圖。不去枝垂萎。
尾大掉不靈。足重步難徙。此患自古今。寧獨慨於此。
古臣紓國難。骨肉意恆輕。溫嶠其舍母。王導殄其兄。
恭候從光武。家室委賊烹。以彼耿介懷。能無親暱情。
顧念知己恩。犬馬效精誠。身命且不恤。妻孥何足縈。
君親無兩負。忠孝難雙成。時竆節獨厲。我懷蘇子卿。

感遇雜詠

元化渾不測。二曜迭爭明。玉兔光西沒。金烏影東生。

晨光雖熹微。朝氣有餘清。無端風雲起。江海翻鯢鯨。
蒼穹彌黑霧。白晝失英精。妖氛乘時起。魑魅並宵行。
迅雷驅急雨。中夜声崩騰。震惕心不寐。及旦望陽升。
晨興晝仍晦。天意尚慳晴。

仙人講服食。浄室煉丹砂。積痾起沈痼。白首變朱華。
願言從之遊。室邇人則遐。安期與羨門。何處駐雲車。
玉井泛靈液。冰盤薦棗瓜。雲鄉如可即。相與醉流霞。

項籍坑秦卒。終自戕其軀。韓信困霸王。反為女后誅。
方覺奮武時。氣概凌萬夫。強反為弱制。巧乃受拙拘。
興亡事莫測。報應理非無。戕人實自戕。愚人亦自愚。

辛亥元旦聞雷有感

新春喜氣臨。天公膏澤沛。如酒傾屠蘇。沾濡徧下界。
賞春方對酌。電影忽射彩。驀地起春雷。幾欲失箸駭。
殷殷鳴未已。聲震一而再。元辰各稱慶。聞此齊驚怪。
其日適庚子。占書垂炯戒。天道遠難知。未可常理概。
近年興新政。宿弊未盡汰。或者將滌除。天意先伸誡。
四百兆人中。昏昏仍睡態。一聲當洪鐘。警醒萬聾聵。

是年九月革命事起。天變真不虛作。

二氏

佛老崇虛無。教與我道歧。相反可相乘。聖人講取之。

羣生騁嗜慾，爭競日紛馳。不存止足戒，戰伐無已時。或經兵革後，黎庶方瘡痍。若更操之切，窮極亂復滋。漢文崇黃老，清靜安泯崖。風俗息澆淩，治化臻雍熙。佛氏談因果，為教宗慈悲。帝王宏翕受，葑菲采靡遺。上體造物心，異類聽生孳。世當孔孟後，聖道光夏夷。日月麗中天，熒爝任宵嬉。儒生勤力闢，嘵嘵徒費詞。

劉烈婦紀事詩

鶉火忽西流，炎飈尚酷熱。當此紅日紅，鑒此烈婦烈。烈婦事伊何，遭閔實凄其。事夫甫一載，遺恨無窮期。少小從嚴親，學堂讀書史。二十相夫君，高堂奉甘旨。

房幃歡愛洽○琴弦無促音○相期百年內○錦帶結同心○
天道有乘除○人事多錯忤○夫身病呻吟○婦意贈駿楚○
百計事醫治○緣盡葯難施○非霜蘭早萎○未雪栁先衰○
年少失所天○親鄰咸悲痛○婦身將以殉○婦哭轉不慟○
輾轉經三日○殯殮事攸治○歸房謀身後○纖悉計靡遺○
自念未亡人○子女皆烏有○百年歲月長○孑身誰共守○
媳在煩舅憂○家貧益姑悸○不如殉夫歸○無爲雙親累○
所恨因緣薄○玉鏡遽相分○但願死同穴○身侍龍友君○
別有衣篋貲○於身未措置○留書稟慈幃○望姑諒媳志○
身體姑保重○門户舅撐持○拳拳心自託○絮絮語皆悲○

欲止高堂痛。翻教私淚垂。情深明月見。恨苦落花知。
殘夜漏沉沉。樹心呼負負。鮮帶引命歸。泉臺尋佳偶。
哀哉此婦賢。臨難觧倏陳。從容身殉義。不忍累其親。
哀哉此婦賢。秉心何純摯。殉義身從容。念親仍不置。
世情日頽靡。節烈事稀聞。君臣恩義薄。夫婦何足云。
似此捐軀命。豈惟伉儷情。眷戀在庭幃。孝思根至誠。
婦氏出於唐。夫名劉家護。丙辰歲在秋七月七日記。

讀天演論作

西士談天演。持論亦多偏。優勝而劣敗。其然或未然。
項籍戰百勝。身殞烏江邊。高祖師屢北。終竟天位傳。

勝者何必武。敗者庸非賢。安在萬夫雄。盡操必勝權。
下士競文戰。遇合亦天緣。多才感文藻。仕路多迍邅。
庸人一朝倖。穩步升鼎鉉。時乘巧遜拙。運至增醜妍。
造化無成心。物候有變遷。第憑寸管窺。焉知浩蕩天。

追悼亡友蔡乙黎

卭卭附岠虛。相比不相離。人生臭味同。契合亦若斯。
憶昔與君交。結社在文祠。春秋逢佳日。載酒西湖嬉。
曲徑攀躋共。坐堂步屐隨。亭空詩訪古。巖靜境探奇。
齋舍時過從。縱論及書詩。辨訛同別豕。析義共採驪。
每至添茶饌。累君酒食貲。三日不一面。此心如渴飢。

凉月清霜夜。孤燈細雨時。更沉忘坐久。雞唱覺歸遲。
忽忽十年間。轉念在肩背。但知身素健。不料行瀕危。
遽聞怛化去。如雷向耳持。情癡疑聽誤。驚定轉神馳。
悵惘經幾日。恩君亦自悲。文字資商訂。他時待問誰。
苔岑各有託。蓬梗獨無依。牙琴思再鼓。何處覓鍾期。

賦詩 東坡之賦詩必此詩，定非知詩人語，雖平淡，而味實無窮矣，爲引而申之。

賦詩必此詩。執滯固鮮通。賦詩非此詩。何處見良工。
詩人揮巨筆。列子御長風。離之超塵表。即之在寰中。
用正兼出奇。声西實擊東。夭矯如神龍。間翔同飛鴻。
惟其真力滿。是以妙手空。東坡知詩人。語淡味無窮。

南村老人

南村一老人。自號古狂士。蚤長學不荒。形衰神未憊。
綺歲博一襟。盛年通六藝。陳編工掇拾。古籍雜著記。
嘻笑發詩歌。跌宕到文史。大器如晚成。顯榮可坐致。
惜哉老至速。相逢已暮齒。耳目官失司。視聽皆茫昧。
聲大始聞音。書小難辨字。知覺雖未昏。聾瞽已可恥。
自歎此生虛。於世終無裨。齊學徒濫廁。鶉肋真可棄。
排俗日尋歡。命觴時獨醉。死生天命在。遲速素心委。
判官稟修羅。偷生有老子。住世年已多。請勾付司地。
王乃一再思。此子難安置。修文有子夏。作記有小李。

治獄有于公。顧問有綺里。陰曹羣雁集。望闕方須次。
舊鬼多餒而。新鬼難輕畀。將試以郎吏。而彼無宦志。
將勞以簿書。而彼疏會計。將分以教習。人多身擁擠。
將備以奔走。體衰行蹇滯。負重重難勝。主事事莫治。
留之虱廊廡。徒耗地倉米。聽自逞去來。無須煩卒吏。
王仁恩有加。鬼闕室莫至。是以年古稀。優游仍涸世。

待月

待月倚樓西。坐久月未上。四顧景茫茫。昏黑窮遠望。
層霄暮靄合。貝闕失清曠。明河淡不輝。繁星見三兩。
纖阿御晶輪。寂寥祕音響。美人在何處。引領空惆悵。

歸臥息煩襟。澄懷悟色桐。無心引月看。玉鏡照窗朗。

眼前有至寶

眼前有至寶。世人每不識。習見意易怠。反觀理自得。
深室懸明珠。光僅照四壁。通宵得明月。歲終無幾夕。
設無日光臨。全球皆漆黑。匀晝若長夜。明庭類暗室。
美人雖並坐。相對難辨色。美服雖艷軀。章身不見適。
昏昏天壤內。跬步行不得。光羨不夜城。苦甚無雷國。
矧茲萬物生。骨荷太陽德。終年此陰晦。孳生難滋殖。
無絲伊何衣。無穀伊何食。想到普照功。真實無比值。

石勒

石勒讀漢書。慷慨志自許。心折隆準公。肩比漢世祖。二帝偉畧同。器量包寰宇。胡一駕並驅。而一首獨俯。漢初三傑才。卓犖超羣侶。折項若摧枯。餘子不足數。東漢群彥興。星應列宿聚。才雖算後多。將實遜前武。鄧寇姚岑濤。功與噲等伍。制勝彼實難。量敵此易與。石君意自度。刀不過項羽。北面事高皇。深衷別有主。

感遇二首

螳螂方捕蟬。樓鳥下攫取。得餌將遠颺。飛彈已及羽。各顧眼前甘。致罹身後苦。利每與害鄰。禍實由貪賈。須夫嗜財利。胡可忘遠圖。縱心夌豕豨。恣意相吞屠。

殺機藏五内。怒氣充四隅。強取或豪奪。得喪只須臾。須臾忘顧慮。誤煞幾庸夫。霜毫銛以利。染翰揭其軀。松烟挾膠固。觸石化雲腴。紙非筆之厲。硯豈墨之鑢。由來静者壽。安動體堪虞。輕躁足多失。狂夫氣易麤。矜爭非分據。智力日交輸。精神非金石。安能久不渝。特告熱中人。反笑吾説迂。

月下感賦

盤古昔開天。月在何時有。乾坤歸混沌。月應有時朽。與當影缺後。思君令人瘦。何如光滿時。藉君為吾壽。今夕景殊佳。良宵情莫負。休管身後月。且飲當前酒。

意園

老境厭塵囂。家居多俗擾。思我意中園。清幽在雲嶠。
堂餘十笏寬。室比三弓小。半畝分池亭。一庭羅花鳥。
上架一層樓。俯瞰清溪遶。遠岫窺幽窗。晴波弄翠篠。
蟬鳴愛高林。魚戲樂清沼。生意滿眼前。佳趣得言表。
客至香茶溫。爐薰篆烟裊。雜坐無主賓。歡言忘老少。
酒傾北海樽。飯進東坡晶。不辭口餘甘。得閒心自妙。
抽書味古香。按軫發清調。談欲晋人清。歌懷高士邈。
散步出東方。晶輪挂樹杪。浮雲淆太清。明星隱清耀。
大地光茫茫。空山音悄悄。客歸伴月眠。一夢到天曉。

遊別峯菴作

萬壑爭赴間蜿蜒數百里騰躍臨高崖一屋起相抵
問屋居者誰莊嚴寶相子兀坐低雙眉管領此山美
揷耳兩山高迎面雙旌峙中豁一門寬遠納前山紫
長江橫檻前野竹迷村裡舟小芥泛檣帆輕蝶掠水
俯瞰山下陂陂下有山倚穿磴路若蠅緣徑人如蟻
巘叢千丈尋傾跌難思議山僧導我還引我酌甘醴
屋後陟叢巔廓然駭瞻視羣山露佛頭遠邇咸趨侍
或走或飛騰或俯或仰企一聲當壑呼千山應響起
坱圠地微茫蔚藍天尺咫日近聳堪撐雲生足可履

思欲茲山居。塵緣心未委。一笑訂後遊。山靈莫我訾。

題家翊臣隨月讀書圖

展卷懷故人。披圖見故友。月下時觀書。秋空獨昂首。
睠懷身世間。科舉停孝秀。舊書高閣束。先進野人陋。
君獨手一編。昕夕時研究。詩禮謹步趨。孫子貽法守。
對君如異書。古趣溢齒口。望君如秋月。清輝照窗牖。

擬陶淵明移居詩二首 依原韵

柴桑有舊廬。奚為從茲宅。顧此南村僻。疇堪永朝夕。
鄰幸數知交。心同免形役。廬經擦新茅。室還布舊席。
時共素心人。談文及古昔。離亂日往還。無為傷離析。

幽居省俗慮興至寄於詩胸盈磊塊存會須酒澆之
故人同務穡痛飲時爾思爾思即相邀行樂當及時
客至樽不空所願恒在茲人生適志耳古語非吾欺

古意

皎皎閨中月照君在南還思君如漏永夜夜枕邊添
涼颸應秋至習習入吾懷只想離愁結微風吹不開
昔夢君歸来花間立不語脉脉欲詢君雞聲促歸去
願乘西風發吹妾到君旁别来無限思相見莫相忘

生魚膾

饌尚生魚膾南方食品奇鮮烹休釜設尾燒漫炙施

活剥先分理。輕劃細擘肢。絳臈鋪瑪瑙。錦片燦玻璃。
菔白銀絲蔓。荽青翠羽披。香紛羅菜甲。辣更勁薑絲。
配合油輕蘸。飧須醬適宜。瓊漿調蔗蜜。酥酪和梅脂。
夜月同杯舉。秋風快箸持。酸甜喉舌爽。鬆脆齒牙知。
美漫誇瑤柱。甘同嗜荔枝。長卿休苦渴。小酌病消其。

四如堂詩集卷六

七言古詩

擬王摩詰桃源行

韓山山人陳錦漢著

武陵三月滿溪春。兩岸桃花萬樹新。花裏仙人開洞府。至今未許人問津。昔有漁舟傍溪宿。沿隄春色看難足。行行漸入深山深。去去幾經曲水曲。忽聞洞口來香風。流出飛花分外紅。尋源潛歷山幽杳。轉步趋覺境虛空。世外別開新境界。碧草如茵山如畫。數聲雞犬出雲中。幾處樓臺矗天外。林間絳樹蒸紅霞。徑裏仙人掃落花。驚來俗客齊採問。聽說塵緣共歎嗟。

時事變遷如波委。秦世山河今戰壘。記來洞裏避征徭。忘卻塵間幾甲子。山中日月自悠悠。憑花開落記春秋。未見漢家狼逐鹿。焉知晉室馬為牛。花徑招邀入烟裏。歷盡桑麻見井里。欵來斗酒并隻雞。飲徧醴泉兼菊水。仙鄉住久憶人間。不道良緣再會難。分手白雲歸巖壑。隨身明月到家山。一路雲山歷歷記。幾度倉桑倏變置。初來曾見洞飛紅。再至惟看山滴翠。烟樹蒼茫落日斜。雲深不見有人家。仙源已杳難尋路。惟有桃花送客槎。

讀杜少陵天育驃騎歌作

神駒意態空羣輩賞識早馳風塵內何哉杜老發悲歌獨對斯圖增感慨自顧昂藏七尺身半生淪落困風塵賞拔未聞獲知己馳驅時復逐凡人有如斯馬稱神駿久伏鹽車神困頓一日千里志誰知悵觸長途增感奮英雄志大過常奇悠悠身世曷勝悲騏驥驊騮時世有王良伯樂古今稀

汨羅沈

秦人如虎楚人鼠張儀吏生屈原死原未死魂在此神瀠洄靈逶迤衆人皆醉身獨醒汨羅自清塵世滓滔滔江瀟瀟水淘盡英雄未沒爾日臨澤畔讀離騷

酒酹湘波弔烈士。

輪船行

輪舟稱名見宋史。秘鑰先自中華啟。千年巧法世無傳。今為歐西獨專美。舟大如屋廣如倉。其橫數大縱倍蓰。木為軀幹鐵為牆。輪為推行錨為止。上下艙别層兩三。升降梯緣木尺咫。乘風桅五錦帆張。測地盤旋南針指。鋼桄輪銅列軌。縱橫機括相依倚。前枝撑後撞柢。運動機關良有㠯。爐鍊火兮火成煙。鼎鍊雲兮雲生水。汽走煙管出煙窗。機逗輪心與輪齒。上齘下齘相盪摩。左竿右竿互牽扯。彼伏此動相乘除。入鬼出神難思擬。有如大造轉洪鈞。往復循環無終始。輪拖黑水翻浪銀。舟踏洪濤瀾湧紫。穩如大陸駕輕車。捷若康衢騁良驥。奔飆逐電淩滄滄。一日真堪行千里。傳聞製自塞明頓。靈機初闢具條理。布啦嚬起製益精。法今盡善無容議。我國舟楫若鈍遲。坐使利權他人掎。改良不亟與振興。優勝劣敗憂胡底。中邦梓匠多良材。前哲已嘗創斯製。今人何不及吉人。甘讓泰西擅絕技。

端州採石行

媧皇補天鍊奇石。剩下一拳棄蠻場。千年晦迹澗溪深。未許人間輕賞識。精英蓄久山含輝。光射斗牛達天赫。望氣咸知異寶生。搜材遂敎良工迫。初乘輕筏艤羚江。歷峽穿叢工物色。上巖犖确石紋疏。末有良材供採擇。由來佳石出下巖。坑谷深邃洞幽僻。白晝燃脂究轉尋。務揀雲根出沙磧。質搜鸜眼並崔斑。色別天青與蕉白。隱處務教一一探。奇才那厭多多得。有如賢士隱山阿。訪谷造廬勤徵辟。得來蒼玉品價高。不數秦瓻與魏甓。傳聞開採始唐朝。古洞荒涼存舊迹。宋世徵貢等賫琛。歷朝寶貴同圭璧。祇慮精華洩易盡。豈知風會今還易。昔選紫石研喻糜。今製晶壺貯玉液。藏墨祇足水三升。發光無須硯徑尺。縱有奇石出老坑。祇同砆礫誰顧惜。石工攻石居賦閒。行皆改業身他適。瑰材賞拔今何人。悵望端溪三歎息。

自香還汕海中風浪大作賦此為戒

海上逋逋聲到耳。云是往汕舟泊此。呼僮作速整行裝。好乘歸舟還故里。有客歡然勸我留。前朝風信報洋樓。海中恐有風波惡。不如少住免擔憂。我意驕陽方灼灼。海中風浪何遽作。決計買舟向前行。不信天公巧作虐。舟行依舊日光紅。暗嗤測驗術未工。不期午後天漸黑。吹面風來心微怯。白浪如鵝遠遠浮。未逌舟邊舟先側。盪然一陣風怒號。當頭壓下雪山高。全船傾倒無人色。哀鳴呼籲紛喧囂。石破山崩天反覆。雷霆霹靂震岩谷。馮夷驅浪足奔騰。蛟龍奪威身往復。陰雲慘慘日色死。身欲奮飛難坐起。左顛右仆任還移。自分性命墜溟滓。一落一起潮方壯。再接再厲膽齊喪。波臣闞我書生氣力微。約束封姨颶母早。回歸。深宵猶是風飈飈。破曉旋作雨霏霏。勸君航海慎行止。風雲不測天難恃。忠信雖可涉波濤。冰淵何得輕臨履。歸來喜共述所遭。牙琴載鼓成風濤。江潮滔滔出腕下。入耳但覺聲刁騷。

◯從軍歌

大將威風馳遠島。男兒那肯閨房老。沙場決勝效前驅。骯髒頭顱價值好。投筆吏。棄繻生。孑身萬里請長纓。丈夫有志事竟成。努力同爭千古名。

烈婦朱氏歌并序

婦溜隍朱培基之女，配夫胡秉福。于歸四閱月，夫忽抱病不起，婦一慟幾絕，是夕啖舌殉之。時光緒丁酉九月十四日事也。里人哀之，為歌以紀其事。

潮州星躔應牛女。閨門自古多貞軌。節烈骯骯志秉傳。溜隍今有胡朱氏。氏出清門致自殊。蕙心蘭質雪霜霄。少遵母訓容有節。長習女紅閨不踰。三七芳年纔出閣。蔦蘿身喜喬松託。事姑時得旨甘歡。居室情諧伉儷樂。蕭郎弄玉志相投。君彈銀箏妾瑩篌。錦帶同心親作結。合歡並作百年籌。世事浮雲倏變置。君身旋惹病魔至。纔倚金屋貯阿嬌。忽報玉樓催作記。良緣易盡愛難捐。藥餌殷勤手自煎。念佛心虔禱月下。求醫情切拜簾前。命也奈何疾不起。瓊枝已望秋風萎。眼前擱淚勸姑悲。心裏含凄難自已。衰次蒼茫欲斷魂。愁容黯黯天為昏。婚成四月期何促。恨結三生氣暗吞。深夜自思還自感。淚痕點點溼茵席。君身已逝喚不回。妾舌雖存嗟何益。咬嚼淋漓血濺唇。一噴一恨一傷神。可憐月落烏啼候。已是花殘蝶恨長。昔有王凝妻。痛夫斷其臂。又有曹令女。誓志劓其鼻。肌可戕。容可毀。志不可撓節不弛。皎如白日耀青天。凜若秋冰生寒水。雖非當時各殉夫。丹心自足照青史。似此捐軀劇可哀。壯心未死舌先灰。身同碧玉埋黃土。魂逐夫君侍泉臺。鴛鴦由來不獨宿。泉穴同棲願始足。倘生碧樹應連枝。即化遊魚定比目。體格湿存意有餘。臨危竟捨千金軀。就義從容出巾幗。愧煞偷生賤丈夫。凜凜清風志足尚。合表明廷加旌奬。標之彤管發幽光。並使閻門氣俱壯。九泉憑弔舊貞魂。習習霜風起墓門。墳間宿草心猶勁。想見香閨烈氣存。

大旱歎

祝融司天怒氣張。魃鬼騰踔奔四方。白日烈烈翕光芒。欲雨不雨鬱莽蒼。起看庭葉垂垂僵。階石如炭水如湯。葵扇頻揮熱頻颺。汗雨時時濕襦裳。老農見我語我旁。面有菜色神悽愴。口怨天公不降康。溝渠無水地無秧。平疇一望成荒莊。高者地赤低者黃。下及麻菽著芋薑。盡歸凋朽無餘糧。我聞此語心慘傷。搔首問天天茫茫。去秋晚稻苦旱殃。貯望膏澤沛汪洋。

自秋徂夏時舒長並無涓滴沾稌秔日日三茅切祈禳祈成酷烈與驕陽看看黑霧起龐岡隨風反作大雲揚酷暑更甚酷吏戕避熱無處尋清涼米珠饌玉價交釀曷禁萬姓心惶惶擬將乘雲叩天閶請傾銀河倒玉漿雷霆震响電飛光雨師作舞風姨翔滂沛九野彌八荒滋我黍稷蕃我粱蘇枯起萎瘳傷創慰滿蒼生霖雨望

友人贈竹簟賦謝

炎方五月火雲驅深室薰灼如洪爐莞席蒲牀臥不得置身無處尋冰壺故人竹簟移來好儼帶清風來

座隅。呼僮掃室同展視。閃爍一幅琉璃鋪。此竹傳自蘄州產。堅滑清潤凡材殊。時方卓午苦炎熱。得此真若珍球圖。倒身甘寢釋煩悶。如臥寒流浸肌膚。汗收熱退神增爽。渾忘烈日輝高梧。嗟君此贈真蘇鮒。深意敬佩無時渝。歌詩誌謝永為好。相報愧無招涼珠。

水晶圖章

圖書自古珍金石。印譜流傳堪識別。文人巧思日精神。別有水晶工篆刻。扶輿淑氣鍾山川。胎就星精與月魄。淨如冰雪清且妍。德比璠璵潤而澤。初用追琢顯其章。繼以濁磨昭其質。珪璧方圓因材成。門角鈎

心先指畫鑿破混沌文字生丸龍屈蟠夔螭躍有如
化工結撰成不假刀錐留痕迹紙光滑選玉版良印
泥淨揀丹砂赤題詩評畫品字間鎮以朱文先翁施
伊余心性愛空明得此勝獲連城璧摩挲不嫌刻印
刓珍玩時時加拂拭襯以文錦繫朱絲伴以牙籤兼
玉軸珊瑚筆架玉硯旁坐對書窗當清容憶昔良璞
獻荊山鐫成玉璽傳方國徵信用代節與符圖書自
此町畦闢踵事起者豈追隨斯印寡聞製紛若徧搜
石穴與銅山難供世人日鑱削似此美產質精良詞
苑藝林共珍惜倘偕琛賚貢皇畿合并圭璋顯奇特

苦節行

鄭氏女。張家婦。艱苦備嘗世寡有。少伶仃。失怙恃。養於姑。長於姒。依舅主婚歸張氏。十八身出閨。助夫執爨炊。二十夫早逝。痛夫將覓死。只為翁姑身在堂。并無別子相扶張。晨昏誰與奉甘旨。宗祀何人繼蒸嘗。守義養孤兒。少小。謹扶持。襁褓。哺湻靡。疾親藥。病就醫。謀書習字求良師。節衣縮食供學資。撫摩鞠育。心力俱疲。指望兒大卸肩仔。詎知天之困阨無已時。昨歲子論婚。隔歲媳抱孫。三歲四歲歷艱屯。翁子繼逝歸重閣。碩果僅留孫孫存。七齡又自喪其魂。嗚呼、天道不堪論。此婦何寡恩。上有老母兮。憂思繼卒。下有弱媳兮。貧窶以出。煢煢孤婦。淒涼一室。茹苦含辛。昊天靡恤。喪姑三載。賫恨以沒。記死時。壽五一。戊申年。己卯日。

和王慕韓古印歌

慕韓得古玉印一方文如其號亦奇事也因為歌之

慕韓古印慕韓得。名從主人巧相值。有如乾德得古鏡。背面紀年仍乾德。玉質堅潤清且新。篆文古勁妙通神。以物度人求其合。疑是孫氏家藏珍。孫君寶琦號慕韓△△縣人現官△△△孫君赫赫官顯宦。寶物何至散荒甸。或別有人篆斯章。今古茫茫難肌斷。想由遭際歷坎坷。玉亦失主走關河。飄泊天涯傷淪落。幸虧貞質未銷磨。王君得此心狂喜。製詩徵吟馳百紙。楚弓楚得事希聞。引得詩人走相視。紛披文錦並珠璣。咸與斯玉慶遭際。我也摩挲古印口、稱奇。異事相屬可無詩。顧玉與君不相離。永永子孫保用之。

感世

人生識字憂患始。我昔不信今始知。洪荒之始人沕穆。渾渾噩噩世雍熙。自從結繩初制字。鬼爲哭泣神歔欷。文明乍生混沌死。智慧日闢患日滋。揖讓起。戰爭馳。前車覆。後轍追。一時一局變紛歧。認得身心家國字親切。綱常名教迫我出扶持。世變江河流日下。非有大力誰能支。若心焦思籌幹濟。羣策羣力見依違。意氣相傾朋黨起。事勢決裂禍誰貽。從昔英豪多才思。為此刻骨並清肢。智窮力竭身為殉。竟死於世終無裨。君不見魚縱蹇。鳥忘機。天淵空濶任潛飛。奚為涉險而蹈危。匡時自須命世士。俯仰身世誰庶幾。

田家樂

麥隴春風香。花村農事忙。一犁好雨足郊塘。林臥犢分秧。

土鼓迎農神。村歌鬧比鄰。家家設釀待親賓。痛飲坐茖苒。

隴上稼雲多。林間鳥語和。兒童亦解頌嘉禾。一路唱秧歌。

賽社酒如澠。堆盤肉似陵。村翁醉倒在瓜棚。拍手共歡騰。

辛酉八月大雨紀事

大雨通宵如潑水。鬧到天明聲未已。自辰至未綠接連。盡傾銀河瀉九天。邑中道路成溝洫。陸可通舟戶可塞。蕭條四顧斷炊煙。哀聲時與雨聲雜。低窪門巷水淹眉。升屋避水身淋漓。萬姓為魚城為壑。百年溪雨無此奇。一晝一夜水退速。家家掃室充飢腹。啁啾猶聞鬼聲哭。城外湖山崩一角。

祈神

世間百福神所司。聰明正直本無私。争奈庸人多希望。福不易邀心罔想。座間見有神像在。祈禱紛紛同瞻拜。木偶果能佑人福。吾亦炷香百拜日三祝。

慶神遊

鳳城春日慶神遊。兒女家家賽門樓。衣冠濟楚迎衢左。香案繽紛繞道周。簫鼓沈沈神未至。遊人絡繹先奔避。檀香冉冉香薰天。花炮轟轟聲震地。須臾香駕來匆匆。千人萬人拜下風。輿夫十百簇擁去。迅若遒陸翩驚鴻。旌旗綷縩隨車後。隊隊笙歌跟神走。大鑼大鼓雜小吹。鸞鶴哀吟鯨怒吼。遊經柳巷復花街。多少郎君走破鞋。十里錦城八畫樂。萬家春色景殊佳。閃爍燈光煥星斗。煙景煌煌夜更好。瓊花四照焰千重。火箭萬枝飛百道。此時天女亦散花。金光搖彩幻雲霞。月姊星娥明上界。下與塵世鬥光華。光華此夜樂何極。一物適宵無倦息。比到鬧清駕返時。一輪紅日東方赫。

許太夫人捐金興學歌

男兒豪俠世多有。女人豁達未數覯。龍溪今有許夫
人。捐金興學足千古。王氏明誠宗學堂。學款難措學
將荒。將伯百呼不一應。巧婦無米難為粮。夫人聞之
加矜惜。如覩乳兒斷乳食。學校不興少人才。宗族無
光家何色。慨然傾篋出儲財。藏鏹七千白皚皚。擬置
義田贍學費。永為宗校培英才。金作肇。學重開。青年
得得講堂來。紈袴布衣同上課。終是太原有造材。宗
八稱恩祝母福。母不恃恩轉自祝。千金市骨駿馬來。
直數英豪心願足。閨德由來心好儒。女中不愧烈丈
夫。但培八百孤寒士。勝造七級高浮圖。世俗婦人鮮

智識。祀神欣擲多金帛。至壽善舉求解推。一毛不拔
況乎百。似此慷慨意絕倫。衣冠罕覯矧叙褫。閻門賢
澈家多起。定有騏騮厥後軍。

四如堂詩集卷七

詩詞雜著

韓山山人陳錦漢著

小照自題

非吾似吾。對吾愧吾。笑吾拙吾。勞吾誤吾。書卷羈吾。衿佩老吾。舊吾憐吾。今吾真吾。

拙齋銘

明哲保身。亦足累身。古來智士。誤殺多人。蚌因腹珠。卒殘其軀。麝以臍香。反速於亡。木剛則折。膏明自燒。任智自聖。忌怨身招。無才無累。無能無爭。不見聰明。乃真聰明。

筆銘

卓哉中書。無食肉相。食非所謀。肉不足尚。其直如矢。其銛若錐。矩隨心運。畫順指揮。近朱者赤。近墨者黑。同體殊操。各循所溺。潔防易汙。利虞易鈍。養晦遵時。戒爾英俊。

硯銘

質本瑰材。珍同球璧。翰墨因緣。賢豪賞識。其潤如玉。其滑如脂。匪華惟樸。昭質無虧。靜專有守。鎮定靡移。雖磨不磷。匪涅自淄。厥性硜堅。厥壽悠久。皎皎易汙。君子墨守。

扇贊

貞筠刻質。巧製天然。圭稜外斂。藻繪內鮮。素紈積雪。麗錦堆煙。清風比德。朗月方圓。用舍隨化。暑燠回天。歲寒隱跡。明哲自全。

（ ）漁樵耕讀四詠

蘋葉煙中漁艇。蘆花雪裡人家。估客如何釣客。生涯只在水涯。漁

山靜丁丁木響。林疏黯黯煙黃。半嶺踏殘曉月。一肩挑去（盡）斜陽。樵

春雨秧田綠滿。午風麥隴香輕。佈（布）穀村前鳥語。荷蓑

煙裏人行。（耕）
掃地焚香展卷。檢書評畫品詩。客至搖琴三弄。興來
斑管一枝。（讀）

樂事詩

冬冷圍爐賞雪。春晴張晏評花。（句韻）月夜樓中聽笛。炎天
竹裏烹茶。
閒坐接來清客。閑談着去殘棋。（撤）檢書時逢宿義。選韻
偶得佳詩。

集古詩句（雅緣）

春愁黯黯獨成眠。（韋應物）楚客相思益渺然。（劉長）燈影

半窗千里夢。倪瓚　心隨明月到胡天。皇甫冉

東風吹水綠萋萋。張耒　楊柳千條盡向西。劉方平　春色

惱人眠不得。蘇軾　杜鵑休向耳邊啼。無名氏

呢喃燕子語梁間。劉季孫　萬里長征人未還。王昌齡　聞道

欲來相問訊。韋應物　春風不度玉門關。王之渙

小姑居處本無郎。李商隱　雲雨巫山枉斷腸。李白　寂寞

空庭春欲晚。劉方平　為他人作嫁衣裳。秦韜玉

去時冠劍是丁年。溫庭筠　門泊東吳萬里船。杜子美　今日

龍鍾人共老。劉長卿　西樓望月幾時圓。韋應物

冰簟銀床夢不成。溫庭筠　海棠花下打流鶯。王建　子規

夜半猶啼血。王逢原 代人垂淚到天明。杜牧

獨上江樓思悄然。趙嘏 孤燈挑盡未成眠。白居易 多情

只有春庭月。張泌 夜深同看水中天。蘇軾

已過清明尚淺寒。陸游 東風無力百花殘。李商隱 年年

不帶看花眼。楊萬里 落日東園獨倚闌。元好問

蓬瀛俱稱列仙遊。孔武仲 萬里書回碧樹秋。許渾 今夜

月明人盡望。王建 悔教夫婿覓封侯。王昌齡

閨中少婦不知愁。王昌齡 一葉桐飛忽報秋。楊巨源 獨坐

黃昏誰是伴。周必大 畫屏無睡待牽牛。溫庭筠

新粧宜面下朱樓。劉禹錫 次第看花直到秋。楊巨源 蓉菊

滿園皆可羡。劉克莊 長安不見使人愁。李白

天涯遊子敝裘寒。午融 關塞蕭條行路難。杜甫 鴻雁

不堪愁裏聽。李頎 憑君傳語報平安。岑參

踏青 南鄉子

綺陌共尋春。不見春光見屐痕。多步弓鞋留翠暈。紛紛。碧草羅裙一色新。十里起香塵。粉蝶尋芳步步逐人。悵觸王孫眉頻鎖。顰顰。釵玉低頭墜碧茵。

春思二首 春宵曲

容易春光老。花飛逐雪飄。歲月等閑消。年年斷腸處。似今朝。

客燕來巢早。遊人歸路遙。春思若無聊。惱人嫌晝永。況良宵。

問梅 責花聲

庾嶺春回。誰折一枝香影。付驛逢何人持贈。風前解語。咧羅浮酒醒。問海棠幾時相聘。冰姿仙骨。何事偏憐和靖。並休嫌孤山夢冷。灞橋風雪。有詩人吟興。訊芳心可嘗思省。

題美人春恨圖 殢人嬌

惱恨春光。蕉得芳容憔悴。眉處處遠山凝翠。輕寒乍煖。好困人天氣。鬢懶整。斜憑雕闌小憩。 飛絮漫天。

落紅滿地。又把却新愁勾起。含情無語。恰懨懨如醉。
似花裡海棠。一枝初睡。

送春 鷓鴣天

南浦逢君又送君。河橋柳色總銷魂。八歸驛路春三
月。客勸離亭酒一樽。杯未把。意先醺。東風無力解
愁紛。落花水面紅千點。盡是當前別淚痕。

山林好二首 謝秋娘

山林好。風景日幽尋。春煖方塘看鷺浴。日長深樹伴
蟬吟。耳目快登臨。
塵緣擾。忙得實難禁。十畝栽花開野徑。一竿釣月坐

清濤能不憶山林

七夕 賀新涼

新月房櫳照繡簾中衣香扇影珠圍翠繞瓜果中庭迎鵲駕耿耿雙星齊耀照閨紛紛乞巧世上針神偏不羨向天河織女爭精妙銀漢迴錦心繞天孫亦自愁孤悄記年年會仙橋畔愁多歡少一水盈盈秋一度為甚佳期緣邈債天債至今未了十萬聘錢猶拙辨問誰有巧與人間效癡兒女忙自擾

秋思二首 漁父詞

玉露金風冷沁肌繡衾寒薄夜來知燈影小漏聲遲

梧堦葉落月明時。人阻關河音信稀。不因紅荳亦相思。窗烱烱。思依依。夢魂相逐到遼西。

思菊　賣花聲

客裏秋光。夢繞故園疏柳。想寒英幽香乍透。多情粉蝶。應傍花閒鬧。記東籬有人載酒。霜晨月色。憐爾秋容消瘦。對幽窗歲寒獨守。天涯人遠。亂落歸鴻後。悵芳期空呼負負。

棄婦詞　桂枝香

霜林木落。正老圃晚秋。天氣初肅。寂寞空牀孤枕。羅衾寒薄。良人心比羅衾冷。戀新歡不思舊特。雛鸞曲若。自傷命齡。敢辭身辱。念往早鴛鴦交遜。覩角枕錦衾。依依在目。日月遷流。不料若心反覆。白頭遺恨怨文君。願相如一番思索。昔時酤酒。臨邛道上。當壚誰屬。

漁家樂 鷓鴣天

雨笠煙蓑興自奢。一江春水足生涯。斜陽半嶺歸蘆溆。好夢終年繞荻花。敲綽板。撥銅琶。高歌清唱付流霞。人生世上身如寄。醉倒舟中即我家。

天台仙子送劉阮回家詞 滿江紅

洞口春歸。風過處亂紅滿地。何忍覩碧桃花下。驪歌雙起。離酒一樽愁萬斛。佳期半載人千里。好銷魂。滴滴落岩泉。總是淚。 將分手。須當醉。重會面。難預計。願長途珍重。雨行行李。世外煙霞休共戀。山中日月慣孤處。看歸雲。繚繞翠微間。隨君去。

廣寒宮 水調歌頭

高絕清虛府。殿宇何琳瑯。傳聞宮裏仙桂。斫伐有吳剛。我欲乘風折去。惜乏真人法喜。引我同翺翔。極目丹霄迥。慨想白雲鄉。 奏仙樂。披鶴氅。舞霓裳。豔歌妍唱。早有遺曲流教坊。第說梨園新譜。傳自鈞天雅奏。此事總微茫。終古人天隔。何處問端詳。

閨情　鳳凰台上憶吹簫

翠被寒侵。金爐香冷。醒來夜色蕭條。聽漏催曉箭。鐸語涼飈。多少閒愁幽恨。無端緒齊上眉梢。又添了、一番蕭瑟。雨洗芭蕉。蕭蕭者。時風景。即寒燈相對。已覺魂銷。況山河人遠。雲水遙。盼望旅鴻塞雁。日復日、音斷征軺。夢魂繞。淒涼枕畔。淚濕鮫綃。

輓楊少山廣文　滿江紅

夢夢蒼天。奪歸去、故人何速。豈地下修文職曠。非君莫屬。汝士詩篇鑛有待。向平婚嫁願未足。何匆匆、焉唱升天行去不復○望斷矣水之曲○魂歸矣山之麓○悵斷蘭剩箋淒然在目○日落怨調湘女瑟○君內子蘊秀夫人工詩故云月明淚咽山陽笛○幸極書、萬卷古香留○兒能讀○

折梅詞賀友人新婚作 燭影搖紅

梅萼飄香○名園春色留難住○清芬勾引探花郎○憑取瓊枝去○位置玉人何處○映綺窗解來笑語○天寒夜靜○月上花梢○更饒佳趣○檀口香○多情粉蝶恣探取○冰心飽浥露珠濃○偏惹東皇妒○吹落亂紅如雨○把香泥鋪成全路○春風幾度○轉瞬枝頭○子黃滿樹○

月下聞笛 浪淘沙

明月望天涯。幽思誰知。撩人良夜笛高吹。萬里星河煙霧霽。響徹雲堆。既即意仍離。似怨如悲。秋風添得韻淒其。孤客樓空欄獨倚。魂斷烏啼。

題歌妓 右調添字昭君怨

昔日教坊第一。玉貌花容無匹。珠喉宛轉韻清和。惜虧他。歲月歡場易老。淪落天涯草草。春風秋雨綰愁多。奈愁何。

秋江晚眺 賀新涼

秋色殘陽裏。憑眺間、遠山雲翠。疏林煙紫。滾滾大江流日夜。淍盡英雄烈士。把千古閑愁堆起。前代風流今孰在。但荒煙蔓草。豐碑峙。無貴賤。皆似此。世間何物能久恃。何須爭身外虛名。塵中微利。就令顯榮兼富厚。亦等浮雲流水。問身受百年有幾。使早回頭一顧望。即愚夫當亦心灰。死熱中者。弗思耳。

附録

臨終自挽（口述）

此生碌碌無奇，世境身勞，常從黃卷堆中，
消余歲月；
一世匆匆易過，塵緣心息，又至白雲岩下，
還我家鄉。

跋

先君子性慧敏聦氣誼績學種文尤躭唫
詠生平寢食外口不絕唫手不停披所為
詩謌詞賦序文碑記以及雜體卷冊盈箱
滿篋不知凡幾滿清末造世變紛紜厭理
世務卸家政與 書兄弟分理陶情詩酒玩
志山林日與二三知交分韻唱和優遊歲
月而親戚故舊索辭索書者日紛至沓來

幾於應接不暇先君處之裕如又時時調弄諸幼孫以為笑樂雖老年耳不甚聰目不甚明而唫詠不輟求言者不絕每口授幼弟仲良及諸女孫輩繕書以應人求時或命書擬稿就正步韻敬和又不知其數數戊午地震屋舍傾倒書嘗藏篋遂大受其災事定後就所存者拉雜一箱藏之高閣於今七年今夏七月十二日微疾赴會蓬萊檢

諸藏笥遺篇僅存詩詩賦詞賦二千餘首序文碑記雜體千餘篇本擬彙集篇次作三十卷定名韓山山人詩文集以傳先君著作一點心血因念該集七卷及命名係先君口授釐定以為書等範本不敢妄作聰明亂竄卷帙是以敬遵原稿詳細校讎先刊以質諸大雅至序文碑記及雜體條他日續出另為一集庶先君著作苦心不至

沒沒矣歲甲午九月男書甫述雲敬跋
於後

跋二

先君幼擅文名有聲庠序既畢茂才旋邀廩餼方期青雲徑捷躡跡詞垣正氣和聲以鳴國家之盛無如文憎於命遇嗇其時十踏槐黃終未入選不惑之年始膺拔萃名場久涉意興索然於是屏跡家園灰心進取時以詩酒自娛藉抒懷抱累日窮年積成卷帙因手自訂定釐為七卷晚歲數

益發花不辨小字所為詩歌皆出口述而令良代筆謄寫校勘既成將付剞劂先君忽歸道山嗚呼痛哉今後雖欲擱筆鈔詩親承口澤已不可得風木之悲寧有窮期耶 先君所為詩大率本諸性靈不事雕琢對於忠義節烈諸大端尤能言之亹亹慷慨動人揚清輝於彤管發潛德之幽光其有裨益於世道人心不為淺鮮孫

與長兄延雲重加校訂將付諸梨棗以竟未竟之志從此擁牙籤而保家傳覩遺篇而親謦欬其亦足以稍贖罪愆也哉民國十三年九月次男仲良百拜敬跋

後記

先祖父生前，卓有文名，所寫詩集，積成卷帙，將付梨棗，嗣因故阻，上世紀六十年代，孫植濤于公餘之暇，特爲檢出，謄寫油印，擬分寄旅外諸兄弟，業餘閱讀，聊表追思，而保家傳，詎料『文革』來臨，爲避災禍惹來是非，未及付郵，即予燒毀，所幸原稿尚存，差堪慶幸。按原稿是由先伯父、先君及二姐玉仙三位用毛筆精心書寫，字體結構工整、端莊、秀美，具有書法欣賞品位，故曾孫智旬建議將原稿逐頁掃描，再經過電腦激光打印數冊，分給子孫，既能緬懷祖先淵博之文學造詣，領會體味其詩韵節律，又能品賞秀美之書法藝術，在曾孫女智朋、玄孫女玲楠等人的協作下，終于完成，裝訂成冊，將傳于後代孫輩閱讀，開啓心智，陶冶情操，裨益良多，祖宗有知，亦當嘉許，是爲之記。

孫植濤謹志公元二〇〇四年仲秋